Nocturne pour mourir

Déjà parus dans la même collection

L'assassin des dames de Metz/Armand Toupet
Les crimes de l'Ange/Jean-Claude Baudroux
Cadavres perchés/Jean-Marie Mulot
Les larmes du Corbeau/Bernard Fischbach

Photographie de couverture : Claude LE GALL

Maquette de couverture : GENERIS MULHOUSE

Jean-François COATMEUR

Nocturne pour mourir

Collection POLARS REGIONAUX
sous la direction de Bernard FISCHBACH

Editions du BASTBERG

Ce roman est un ouvrage de pure fiction. Toute ressemblance avec des personnes vivantes ou ayant vécu ne serait que le fait d'une coïncidence.

« El beivre fu la nostre mort »
(Thomas d'Angleterre)

Prélude

Le Commandant Valière balaya rageusement sur son bureau la liasse de papiers qu'on venait de lui remettre.

— Non, Binch, cria-t-il, ça ne va pas !

Il repoussa du talon dans l'âtre une bûche qui y brûlait malgré l'été, fit quelques pas dans la pièce.

Binch souleva les épaules avec lenteur. Qu'y pouvait-il ?

— Je vous ai fait un exposé sincère, dit-il. Il y a des mesures sérieuses à prendre, de toute urgence.

Le Commandant Valière s'immobilisa devant la fenêtre ouverte. Il pointa le doigt au-dehors, désignant les blés mûrissants, le moutonnement des futaies au loin.

— Un domaine pareil ! maugréa-t-il. Un sol riche qui ne demande qu'à produire. C'est inconcevable, Binch. Nous possédons à Stangala les meilleures terres de Lambour. Je ne comprends pas. Il y a quatre ans nous avions les revenus les plus réguliers. Quelque chose dans vos comptes m'échappe, Binch. Je vous le dis comme je le pense.

Binch avait pâli légèrement. Mais il ne se démonta pas.

— En quinze ans, dit-il d'un ton égal, beaucoup de choses ont changé. Notre matériel est vieux, démodé. Des années que les bâtiments de la ferme ne sont pas entretenus. Il pleut dans le grenier à pommes de terre. A Kermabon, chez votre cousin Harcouët, il y a une étable modèle. Ici, nos vaches s'entassent dans une méchante bicoque battue des vents. Vous savez bien que cet hiver, en février, quatre bêtes y ont crevé, au moment des grandes gelées. Ajoutez la mévente de ces derniers mois ; l'année est dure pour tout le monde : ce sont les mieux armés qui gagnent.

Binch parlait lentement, articulant avec application les syllabes. Il avait le geste rare, pesant.

Valière se tourna vers lui avec mauvaise humeur.

— Votre solution ?

Binch prit son temps.

— Il faudrait vendre, dit-il doucement. La prairie de Kerstrao… Elle est trop éloignée pour vos bêtes, pourrie d'eau huit mois sur douze…

— Vous êtes fou ! dit Valière avec une rage concentrée. Pourquoi ne pas vendre le manoir, mettre les meubles à l'encan ? Puisque vous y êtes !

— Il nous faut absolument du nouveau matériel à Stangala, continua Binch sans se troubler. Je ne vous parle pas d'une moissonneuse : c'est déjà trop tard ; le grain est quasiment mûr dans les champs. Mais pour les pommes de terre… Je vous en ai déjà touché un mot : le concessionnaire de Châteauneuf est à notre disposition pour un essai.

Il s'arrêta un bref instant. Il scrutait avec attention le visage du Commandant.

— Hier, j'ai vu votre parent, Monsieur Harcouët. La parcelle de Kerstrao l'intéresse toujours. Il paierait le prix. Comptant.

Valière ricana :

— Harcouët ! le cousin Jules Harcouët ! Les futaies de Kerstrac sont encore noires, et il ose...

— Pour ce malheureux feu de landes, je vous ai déjà dit, à l'époque, ce que j'en pensais. D'ailleurs l'enquête...

— Taisez-vous ! Je le connais mieux que vous !

Valière croisa les bras, fixa le visage impassible de l'intendant.

— Vous le voyez beaucoup depuis quelque temps, si je comprends bien ? Binch, quel jeu jouez-vous ?

— Vous avez tous les droits, dit Binch, y compris celui de m'insulter.

— Oh ! pas de grands mots, mon vieux ! Je sais, vous êtes un intendant parfait, vous connaissez votre métier, c'est entendu...

— Je n'ai toujours eu en vue que l'intérêt du domaine.

— Allons, allons ! Mettons que cet intérêt a jusqu'à présent à peu près coïncidé avec le vôtre. N'est-ce pas, Binch ? Hé, vous n'avez pas trop mal dirigé votre barque depuis trois ans. Vous le devez à vos rares mérites, je n'en discute pas…

Il s'arrêta, continua plus sourdement :

— Vous le devez surtout, à moi, Binch ! Si j'étais valide, vous ne seriez pas là ! Vous montez, parce que moi je baisse !

Il s'était progressivement excité. Une toux rauque, qui semblait lui déchirer la poitrine, le creusa, le tordit pendant quelques instants. Il dut s'appuyer au bureau pour reprendre son souffle.

— Bon, dit-il, calmé. J'ai peut-être tort. Votre rapport est sans doute fidèle. Je vais y réfléchir. Allez.

Binch s'inclina, se dirigea vers la porte.

Valière alla à la fenêtre et, à nouveau, embrassa d'un regard rêveur le paysage qui s'étendait à ses pieds : devant lui, les tilleuls de l'allée saupoudrés d'or par le soleil déclinant, à sa gauche, la cuvette vert sombre, où paissaient les trente-cinq pie-noires de l'exploitation, puis les cultures jusqu'à l'horizon. Au-delà, c'était Lambour, le village, dont on n'apercevait que le coq du clocher, immobile au-dessus des blés jaunissants.

Vendre la prairie de Kerstrao… Porter atteinte au domaine… Le domaine. Cette terre depuis dix-huit ans était la sienne. Bon an mal an, elle les avait nourris, lui et les siens. Il y avait appris le bonheur, il y avait connu l'amour. Lui vivant, on n'y toucherait pas. Après sa mort…

Un pas léger derrière lui l'arracha à sa méditation. Il se retourna.

La jeune fille qui venait d'entrer déposa sur le bureau un verre à-demi plein d'un liquide jaunâtre.

— Ta potion, papa. Il est cinq heures.

Le visage de Valière s'était détendu. Il alla jusqu'à sa fille, l'embrassa sur le front.

— Toujours fidèle, Agnès.

Avec affection, il contemplait le front pâle, les longs cheveux de jais tombant sur les épaules, les yeux immenses. Ce visage grave, sérieux…

— Viens t'asseoir, papa.

Elle avançait le fauteuil matelassé de coussins, déposait sur les genoux le plaid épais, s'assurait que dans le foyer les rondins se consumaient régulièrement.

Valière avalait à petits coups son breuvage.

— Binch est venu, dit-il. Il avait des propositions de Harcouët pour Kerstrao.

Une expression de contrariété durcit le visage de la jeune fille.

— Etait-ce bien nécessaire ? dit-elle. Dans l'état où tu es…

Elle remonta le plaid qui glissait, le drapa autour des reins de son père. Il se laissait faire, comme un enfant. Il eut à nouveau une quinte brutale, rageuse.

Agnès déchiffrait son visage avec inquiétude.

— Le docteur Moreau ne viendra qu'après-demain, dit-elle. Comment te sens-tu ce soir ?

— Assez fatigué, avoua-t-il. Tous ces tracas…

— Veux-tu que je le fasse appeler ?

— Non, non. Reste là. Une bonne nuit, du repos…

Elle s'assit à son côté.

Il désigna du menton une porte au fond de la pièce.

— Où est ta mère ?

— Sortie. La voiture n'est pas à la remise. Elle a dû aller à la crique de Kerandraon. Elle s'y rend souvent en fin de journée, quand le temps est chaud.

— C'est vrai, dit Valière, nous sommes en juillet déjà.

Il y eut un silence. Une bûche à leur côté crépita dans l'âtre. Valière avait pris une photographie sur le bureau, et contemplait le couple : lui, quinze ans plus tôt, l'air heureux, souriant à une très jeune femme.

— C'est toi, toi exactement, Agnès ! Elle n'a pas changé.

Il releva les yeux, s'observa un moment dans la haute glace tendue au-dessus de la cheminée.

— Seulement moi…

Un bref accès de toux contracta sa figure. Elle l'observait immobile, le sourcil plissé.

Une automobile montait la rampe conduisant au manoir. Agnès alla à la fenêtre.

— C'est elle ? dit Valière.

— Non. Ce n'est pas un moteur de Citroën. On dirait…

Elle cherchait à distinguer à travers les arbres.

La voiture, une 306 noire, venait de stopper devant le perron. Un homme en descendit par la portière arrière. Le chauffeur avait ouvert le coffre et lui tendait une valise.

— Je me demande bien qui… Ah mais ! Est-ce que ce ne serait pas le monsieur qui doit s'occuper de Hubert ?

— Mais oui ! s'écria Valière. Où avais-je la tête ? Nous sommes bien le 13 ? Descends vite, ma petite.

— Monsieur Binch est allé à sa rencontre, dit-elle. Ils montent ensemble l'escalier du perron.

Un instant plus tard on frappait à la porte. Binch parut.

— Mon commandant, c'est le précepteur pour monsieur Hubert.

— Faites-le entrer, Binch. Tu peux rester, Agnès.

Le nouveau venu pénétra dans la pièce, sa valise à la main.

— François Meynier, dit-il.

— Je suis très heureux de vous accueillir à Stangala, dit Valière en se levant. L'abbé Berthou m'a dit grand bien de vous.

Ils se serrèrent la main.

— Et voici ma fille, Agnès.

— Mademoiselle…

— Monsieur…

— L'abbé Berthou vous a déjà parlé de votre élève, je suppose ? Oui, il n'a pu terminer l'année à Saint-Raphaël ; nous avons dû le reprendre à la fin du second trimestre : une mauvaise grippe, des complications… C'est une petite santé. Il faudrait qu'il travaille pendant ces vacances. Il a besoin de quelqu'un en qui il ait toute confiance. De l'autorité, de la compréhension aussi. Je suis sûr, Monsieur Meynier, que vous réussirez.

Meynier s'inclina.

— Vous devez être fatigué, continua Valière. Ma fille va vous conduire à votre chambre. N'est-ce pas, Agnès ? Ah ! Nous dînons à 7 heures. Naturellement, vous prendrez vos repas à notre table.

Il se pencha vers elle, mit sa bouche contre son oreille.

— Heureuse ?

Elle eut une petite moue qui creusa ses joues de fossettes charmantes. Ses yeux pétillaient.

— Très heureuse.

Ils se tenaient l'un contre l'autre, isolés au sein de la foule bruyante qui admirait le feu d'artifice depuis une demi-heure déjà. Des gens qui voulaient mieux voir les pressaient, les bousculaient. Ils ne s'en rendaient pas compte. Eux aussi observaient le ciel où fusaient les gerbes d'étoiles éphémères. Mais leurs pensées étaient ailleurs.

Depuis un moment, les fusées ne montaient plus. On préparait les pièces compliquées de la fin, les soleils, les fontaines lumineuses. L'obscurité était redevenue presque totale.

Il en profita pour la prendre par la taille, tendrement.

Elle s'écarta un peu.

— Attention, on nous regarde peut-être...

— Tu crois ? Personne ne s'occupe de nous. Et puis : qu'est-ce que ça peut faire ? Au point où nous en sommes...

— C'est vrai, admit-elle.

— Chérie...

— Mon amour...

La femme se trouvait à quelques mètres derrière eux. Elle était seule, enveloppée dans un manteau sombre, malgré la chaleur de cette soirée de juillet. On ne la remarquait pas. On ne voyait d'elle que son visage sévère, encadré par une écharpe noire.

Elle aussi était immobile, attentive. Mais elle ne regardait pas le ciel. Les étoiles multicolores, qui dansaient là-haut, laissaient son visage froid, insensible.

Elle observait le couple devant elle. Aucun de leurs gestes ne lui échappait. Et leurs paroles, elle essayait de les entendre, de les lire sur leurs lèvres, quand ils se regardaient avec des visages transfigurés...

Le bouquet venait de mourir dans le ciel. On applaudissait. Ç'avait été un beau feu d'artifice. Oui, pour ce 14 juillet, la Municipalité avait bien fait les choses.

La foule se dispersait lentement, à regret. Des bandes de jeunes gens, se frayaient un passage dans la presse en chantant à tue-tête. Des enfants, les yeux chavirant de sommeil, pleurnichaient dans les bras de leurs pères.

L'homme et sa compagne avaient pris les devants et s'étaient assis à la terrasse du Café Central. Ils observaient cette fièvre, l'air amusé. Ils aimaient cette atmosphère de liesse, cette griserie un peu folle de fête nocturne, qui soutenait leur propre joie.

Il avait placé sa chaise tout contre la sienne. Il se penchait, il murmurait à son oreille. Elle riait doucement.

Le garçon déposait deux consommations devant eux.

— On danse où ce soir ? demanda l'homme.

— Vous voulez danser, M'sieur-Dame ? dit le garçon. Et bien ! aujourd'hui vous n'aurez que l'embarras du choix. La Municipalité a retenu trois orchestres. Il y a le Bal de la Salle des Fêtes, d'abord. Ou alors en plein air, devant les halles, et sur la place du Champ de foire…

Il la regarda :

— Tu veux ?

— Pourquoi pas ?

A ce moment, elle poussa un petit cri, se recula précipitamment. Un des lampions suspendus à l'auvent au-dessus de leurs têtes venait de se détacher et lui était tombé sur l'épaule. Maintenant, il flambait sur la table. Déjà le garçon accourait, il saisissait le papier embrasé, l'écrasait sous son talon, s'excusait.

Elle s'était assise à nouveau et restait silencieuse, regardant la masse carbonisée à ses pieds.

Il remarqua sa tristesse.

— Ça t'a fait peur à ce point ?

Elle secoua la tête :

— Je me demande ce que cela signifie. Un lampion qui tombe...

Il se mit à rire.

— Que tu es superstitieuse ! Qu'est-ce que tu vas chercher ! Voyons, un lampion du 14 Juillet, ça porterait plutôt bonheur, non ? Allons, bois ton orangeade. Et après, nous irons danser, hein ?

Elle avait très vite recouvré son sourire. Elle porta le verre à ses lèvres.

— C'est vrai, je suis ridicule. Oui, allons danser.

Elle les avait suivis comme une ombre fidèle. Elle s'était blottie presque en face du café, dans le renfoncement d'un portail d'entrepôt. Elle était là, collée au mur, fondue dans l'obscurité. Ses yeux seuls étincelaient dans la nuit, comme deux charbons ardents.

Quand le lampion était tombé, elle s'était extraite furtivement de sa cachette, le cou tendu pour mieux voir, au risque de se faire remarquer. Mais ils ne songeaient pas à elle. Ils avaient d'autres pensées en tête...

Ils s'étaient levés maintenant ; ils se mêlaient à la foule qui refluait lentement.

Elle fit deux pas, comme si elle allait les suivre. Elle s'arrêta, sembla hésiter un instant. Puis elle tourna vivement sur elle-même et s'éloigna vers le haut de la ville. Et la nuit aussitôt l'engloutit.

Journal de François Meynier

13 juillet

Une pendule sonne quelque part. 11 heures. Devant moi, la fenêtre carrée, ouverte sur la nuit, l'angle noir d'un bâtiment qui encadre la cour d'honneur, un bout de ciel. En bas, dans les pelouses du parc, un cliquetis de grillons. Le silence. Mme Valière a dû rentrer de sa réunion paroissiale. Tout dort dans le manoir.

Je ne dors pas. J'écris. A moi-même. C'est un jeu tout nouveau pour moi. Quel démon m'a jeté hors de mon lit, m'a fait m'asseoir devant la petite table et saisir mon bloc ? J'ai besoin de parler. Il y a très longtemps que je n'avais ressenti une telle impression de sérénité. C'est peut-être le décor, cette admirable paix nocturne... Derrière moi, je revois toutes ces années ternes, sans horizon. Je songe qu'il y a moins de deux mois encore, je n'étais qu'un petit pion besogneux, déjà aigri. Maintenant... Gardons la tête froide. Je viens de décrocher mon dernier certificat, me voici donc licencié ! J'entre par la petite porte dans une corporation, hélas, bien dévaluée. Je ne suis qu'un professeur sans expérience, promis selon toute vraisemblance à une très modeste carrière.

Qu'importe ! J'ai sauté la barrière ! Je vais pouvoir réaliser mon rêve, enfin ! Dans trois mois, si le Ministère tient ses promesses, je quitterai la France. L'Afrique noire, le soleil... une vie indépendante, plus large… Je n'ai pas 26 ans. Aucune attache familiale. Mon seul maître !

J'ai bien fait d'accepter ce préceptorat de vacances. J'avoue qu'en dépit des bonnes paroles de l'abbé Berthou, qui connaît bien la famille Valière, je me faisais peu d'illusions en arrivant tout à l'heure à Stangala. J'ai servi en qualité de surveillant pendant près de 4 ans à l'École Saint-Raphaël, à Vannes. Saint-Raphaël est peut-être la boîte libre la plus côtée de l'Ouest. Par principe et par tradition, bon nombre de hobereaux bretons y délèguent leurs rejetons. Je dois dire que ce que j'ai connu des fils m'avait nettement prévenu à l'endroit des pères. Danger des généralisations : les Valière sont charmants. Rien de la suffisance des parvenus — la vraie distinction. Le Commandant Valière sait tempérer une certaine raideur militaire par beaucoup d'affabilité naturelle. Agnès, la demoiselle, a multiplié depuis mon arrivée les attentions à mon égard. Curieuse jeune fille ! Prévenante et tout à la fois si réservée ! Un visage très blanc, d'immenses yeux sombres… On la sent en permanence absorbée par quelque pensée. Quel contraste avec sa mère ! Pourtant, elles se ressemblent. Mme Valière, c'est Agnès elle-même, avec 20 ans de plus, et aussi, paradoxalement, quelque chose de plus exubérant, presque de plus jeune.

Je n'ai fait sa connaissance qu'au début du dîner. Nous allions nous mettre à table quand elle est apparue. Elle s'excusa avec une désarmante ingénuité pour son arrivée tardive ; elle revenait d'une crique voisine dont je n'ai pas retenu le nom. L'eau là-bas était si tiède ! Mon Dieu, elle y avait oublié l'heure.

Mme Valière prit place à ma gauche. Est-ce la bouffée d'air marin qui, avec elle, s'était glissée dans la salle à manger ? Ou sa pétulance, sa contagieuse joie de vivre ? L'atmosphère s'est tout de suite transformée. Le Commandant était métamorphosé. Lui, si soucieux un instant plus tôt, plaisantait maintenant, gourmandait doucement sa femme, parce qu'elle avouait s'être un peu écartée du rivage !

— Il y a des courants dangereux, paraît-il. Et puis, toute seule ! Si tu étais prise d'un malaise...

Il lui parlait comme à une enfant terrible, d'un ton d'affection grondeuse, aussi flatté sans doute qu'effrayé de son audace.

Au bout de la table, à ma droite, Agnès mangeait en silence. Mais ses yeux ne quittaient pas le commandant, traversés parfois d'une lueur inquiète.

La raison de cette sollicitude, je devais la comprendre peu après. Valière est malade, très malade peut-être. J'avais remarqué déjà qu'il touchait à peine aux plats. On arrivait au dessert quand une longue quinte de toux l'a courbé brutalement, l'a cassé, les mains crispées sur sa poitrine. La conversation s'est arrêtée net. Je vois encore l'expression apeurée des deux femmes. La crise apaisée, Mme Valière proposa à son mari de quérir le docteur. Valière secoua la tête :

— Non, non. Nous n'allons pas encore déranger ce pauvre Moreau… Je vais prendre mes cachets et dormir.

— Ecoute, insista Mme Valière, je dois sortir ce soir. Veux-tu que je pousse jusqu'à Châteauneuf ?

— Tu sors ce soir ?

La voix du Commandant s'était altérée. Mme Valière émit un soupir résigné :

— Il y a une réunion à la salle paroissiale, à 20 h 30. Pour la kermesse de septembre. Ma présence est souhaitée.

— Encore cette kermesse ! Tu ne trouves pas qu'ils deviennent envahissants ? Nous mettons à leur disposition la propriété, avec tout le gâchis que ça suppose. Bon. Nous leur accordons toute l'aide matérielle possible. Qu'ils ne viennent pas en plus, Bon Dieu ! désorganiser notre vie privée ! Je verrai l'abbé Leroux, je lui dirai ce que je pense !

— Mon pauvre ami, dit Mme Valière, tu oublies qu'ils m'ont nommée présidente de leur Comité. Que veux-tu, c'est leur politesse à eux. Décemment je ne peux me dérober. Mais ne te tracasse pas. Je vais simplement y faire un saut.

Valière semblait honteux de sa pointe d'humeur.

— Si je le disais, c'était pour toi. Tu as sans doute raison. Oui, va à ta réunion.

Le repas s'est achevé sans autre nuage. Sur le moment, je me suis interrogé sur la portée de cet incident. Tout bien réfléchi, l'irritation de Valière me paraît bien naturelle. Une réaction d'amoureux ! Il est évident qu'il est en adoration devant sa jeune femme. Elle n'a pas quarante ans, on lui en donnerait trente à peine. Lui est un vieillard. Une telle différence d'âge, de tempérament... Valière en est certainement très conscient. Je le crois écartelé entre le désir de laisser à son épouse une liberté d'action qu'exige sa jeunesse, et un besoin inquiet, ombrageux, de l'avoir toute entière à lui. Quant à Mme Valière... Bon, voilà que je me mêle de sonder les reins et les cœurs. Attention ! Ne jamais oublier que mes hôtes sont d'abord mes employeurs. Si Agnès lisait ces lignes... Je m'égare. Agnès ne lira jamais ces lignes, ni quiconque. Demain peut-être, je les détruirai. Ou bien les emporterai-je en Afrique ? Il me semble que j'aurais plaisir, là-bas, à les parcourir, à y rêver. Mon journal. Le journal de mes premières grandes vacances.

Minuit 25. Mes yeux se ferment. Je crois que je vais dormir.

2 heures. Je remonte à l'instant dans ma chambre, bouleversé. Le Commandant Valière est mort ! Ainsi, je ne me trompais pas, quand je le croyais très malade. Mais mourir si vite ! Et dans quelles tristes conditions...

Je venais de me remettre au lit, lorsque le bruit a frappé mon oreille. Une sorte de glissement au dehors, en direction de la route du manoir. Des cailloux ont crépité. Je me suis levé, me suis penché à la fenêtre. Une porte a grincé soudain, sur ma gauche, vers l'extrémité de l'aile est. C'était donc bien quelqu'un du manoir. Intrigué, je suis resté en observation un moment, sans même mesurer mon indiscrétion. Je n'ai vu personne. Je dois dire que la nuit était assez noire, et que la vision de ma fenêtre est en grande partie bouchée par le pignon qui me fait face. C'est à peine si en tendant le cou je devinais un coin de la cour, les derniers degrés du perron. J'allais regagner mon lit, quand une faible lumière a jauni le gravier de la cour. Une ombre a traversé la zone éclairée. Presque aussitôt un cri s'est élevé. J'ai cru que mon cœur s'arrêtait. Oui, une femme avait crié ! Maintenant c'était une sorte de sanglot sourd. Je n'ai pas réfléchi davantage, j'ai enfilé un vêtement et je suis sorti. A tâtons, j'ai réussi à gagner le corps principal du bâtiment. Un couloir, à droite. Je me suis trouvé devant l'ouverture de l'escalier de marbre qui descend directement dans le hall. Celui-ci était éclairé. Quand j'y suis parvenu, j'ai vu que la double-porte, à ma droite, était ouverte : le bureau du Commandant ; c'était là qu'il m'avait reçu, à mon arrivée. Je me suis approché. La pièce était vide. La plainte pourtant venait de cette direction, un murmure très léger, modulé. Je suis entré. En face, une autre porte ouverte, une lumière. J'ai traversé le bureau, me suis arrêté brusquement. Je me trouvais devant la chambre de Valière, une petite chambre à l'ameublement spartiate. Je distinguais un lit défait. Au fond, une porte. Au bas de cette porte, Valière était étendu, la face dans le tapis de laine, le bras gauche relevé, plaqué contre le chambranle. Debout à côté de lui, Agnès Valière pleurait doucement.

Je me suis avancé, ai balbutié :

— Mademoiselle, votre père…

Elle a relevé la tête, m'a considéré avec une expression égarée, sans répondre. Je n'ai pu soutenir son regard. J'ai à nouveau abaissé les yeux sur le corps raidi, immense.

— Il faut appeler quelqu'un.

— Mon père est mort, a dit enfin Agnès.

Elle parlait d'une voix sans relief, monocorde. A ce moment, j'ai songé à une absence étonnante.

— Mme Valière…, ai-je commencé.

Agnès n'a pas eu l'air d'entendre. Elle regardait fixement le cadavre.

— Vous allez m'aider à le porter sur le lit, a-t-elle dit.

Le corps était déjà glacé, rigide. Je l'ai agrippé aux aisselles, Agnès tenait les pieds. Péniblement nous sommes parvenus à le traîner jusqu'au lit, à le hisser. Agnès a remonté le drap jusqu'à la poitrine de son père, elle a pesé sur les paupières, mais n'a réussi qu'imparfaitement à voiler la blancheur sinistre du regard. La mort devait remonter à quelques heures déjà.

J'ai demandé :

— Qu'est-ce que vous allez faire ?

— Je ne sais pas. Nous sommes à peu près seuls à cette heure. Monsieur Binch rentre tous les soirs à Châteauneuf. Il y a juste les Rosmorduc, des ouvriers agricoles. Ils occupent l'ancienne métairie.

Elle s'est dirigée vers la porte :

— Restez ici. Je vais réveiller la bonne.

— Attendez.

J'ai couru à la fenêtre. Une auto grimpait la rampe. Des phares balayaient les hauts fûts de l'allée. Je me suis retourné :

— Votre mère ?

Elle n'a pas répondu. Elle est restée immobile devant la porte.

Le gravier de la cour crissait sous des pneus, un moteur tournait au ralenti. Un vrombissement, le miaulement de la porte du garage... Un pas rapide montait l'escalier du perron, une clé cliquetait. Des talons nerveux faisaient résonner les dalles du hall.

Dans la pénombre du bureau, la silhouette de Mme Valière s'est dessinée. Elle s'est arrêtée, interloquée, en nous voyant tous deux.

— Qu'est-ce que c'est ?

Puis elle a paru comprendre. Elle s'est élancée, a aperçu le corps sur le lit.

— Ton père…

— Il est mort, a dit Agnès.

— Mort ?

Elle s'est jetée au pied du lit, a effleuré du doigt la joue glacée. Elle a frissonné, s'est mise à balancer la tête :

— Non, ce n'est pas vrai ! Ce n'est pas possible !

Elle a tourné vers sa fille une figure pitoyable :

— Je suis venue dès que j'ai pu, Agnès. La réunion a duré plus que je ne pensais. Et les Langlois ensuite m'ont retenue. Dès que je l'ai pu, je suis venue, a-t-elle répété.

Elle s'est relevée, a paru s'étonner de ma présence.

— Monsieur Meynier m'a aidée à le porter sur son lit, a dit Agnès d'une voix unie.

Et désignant le fond de la chambre :

— Je l'ai trouvé là, étendu. Il a dû appeler quelque temps. Puis il se sera levé, aura voulu ouvrir la porte de ta chambre.

Elle s'est arrêtée. Mme Valière, à nouveau prostrée sur le lit, sanglotait sans retenue. J'ai regardé la jeune fille. Elle avait les yeux fixés sur le cadavre. Son visage était impénétrable.

Elle ne pleurait pas.

Quand je lui ai demandé si je pouvais leur être utile, elle m'a remercié :

— Non, monsieur Meynier. Je vais réveiller Marianne. Vous devez être fatigué. Allez vous reposer.

Je n'ai pas osé insister. J'ai regagné ma chambre. Presque aussitôt la Citroën a repris la route du village. Et les gens ont commencé à venir : le curé, sans doute, le médecin, la famille. Les mauvaises nouvelles courent vite la nuit.

Il est près de trois heures. Bientôt il fera jour. L'obscurité est traversée d'appels de phares. Sans arrêt, des voitures montent l'allée. Des portières claquent. Sur le perron illuminé, un groupe d'hommes tient conseil. Un cri d'enfant, à l'étage. Le jeune Hubert lui aussi s'est réveillé. J'entends maintenant la grosse voix grondeuse de Marianne qui tente de le calmer. Sait-il déjà qu'il est orphelin ? Je voudrais... Qu'est-ce que je peux faire ? Je ne suis qu'un étranger. Cette fièvre ne me concerne pas. Essayons de dormir.

18 juillet

La vie continue. Depuis trois jours déjà, le Commandant Valière dort entre les cyprès du petit cimetière de Lambour. Après ces heures de fièvre, la maison a recouvré son équilibre. Les nuits sont à nouveau sereines, troublées par le seul chant des grillons du parc. Toute la journée la ferme bourdonne comme une ruche.

Mme Valière s'en est presque excusée auprès de moi ce matin.

— Nous autres paysans, nous n'avons pas le droit de nous arrêter. A cette époque de l'année surtout. Songez que d'ici quelques jours ce sera la moisson !

« Nous autres, paysans… » J'ai trouvé la formule savoureuse et inattendue. Elle est pourtant rigoureusement exacte. J'observais Mme Valière tout à l'heure, tandis qu'elle poussait la barrière blanche de la ferme, une corbeille chargée d'œufs contre son flanc. Très à l'aise dans un blue-jean gris qui la moulait sans entraver ses mouvements. Pauvre Mme Valière. Je l'avais très mal jugée, au fond. Ce premier repas m'avait laissé l'impression d'une jeune personne agréable et frivole, jouant à l'enfant gâté aux côtés d'un vieillard attendri. Je l'ai vue ensuite, écroulée sur le corps de son époux, sans ressort.

On aurait dit qu'elle se sentait en faute, coupable. Je me trompais. Coupable, non, mais très affectée. Tout au long de ces pénibles journées, douloureuse et digne, elle aura montré le vrai visage de l'affliction.

Et puis elle a repris le collier. C'est une petite femme courageuse, volontaire. Je l'ai compris le soir même des obsèques. La famille encombrait le hall du manoir. A ce qu'il m'est apparu, ce sont pour la plupart de bons culs-terreux qui se donnent des airs de gentlemen-farmers. Tout ce monde, très décontracté, fumait, riait, discutait vaches et moissons. Certains avaient dû traîner dans les bistrots de Lambour, après l'office, car ils paraissaient passablement excités. Ce n'était évidemment pas le genre d'Agnès. Elle s'esquiva très vite, sous un prétexte quelconque. Mme Valière resta seule à tenir tête à son encombrante parenté.

A un certain moment, Harcouët, un de ses cousins s'est approché d'elle — un gros sanguin à petits yeux porcins —. Je l'avais déjà remarqué à la sortie de l'église, distribuant les poignées de main et les claques dans le dos, très entouré. J'ai su, depuis, qu'il dirigeait une importante exploitation, qu'il était conseiller général et ne désespérait pas, au prochain renouvellement, de se hisser à la députation. Au reste, suprêmement antipathique. Donc, le cousin Harcouët prit Mme Valière sous le bras, l'entraîna dans un coin du salon, près de la fenêtre. Je venais justement de m'y asseoir avec le jeune Hubert. Peut-être, tout à son projet, ne s'aperçut-il pas seulement de ma présence ? Il se mit à déballer son affaire, tranquillement, comme s'il se fût trouvé dans une arrière-salle d'auberge à discuter un marché.

— Je connais vos difficultés, cousine. J'en avais déjà à plusieurs reprises entretenu le Commandant. Mais vous savez comme il était : fierté, entêtement, appelez ça comme vous voudrez, on ne pouvait pas causer sérieusement avec lui.

— Où voulez-vous en venir, Harcouët ? fit Mme Valière, sans hausser le ton.

Harcouët vissa un cigare entre ses lèvres charnues et jeta, avec la force paisible d'un joueur abattant une carte maîtresse :

— Je suis toujours acheteur de la prairie, cousine.

Mme Valière redressa la tête. Je la vois, les narines pincées sous la voilette de deuil, plus grande soudain dans ses vêtements noirs.

— Il n'en est pas question, cousin. Moins que jamais !

— Je vous croyais plus raisonnable. Qu'est-ce que vous comptez faire ?

— Eh bien, mais, travailler ! Ça vous étonne ?

Enfin, quoi, il n'y a pas le feu à la maison ?

Nous avons Binch, Dieu merci. Il connaît son métier, n'est-ce pas ?

Harcouët allumait avec soin son cigare.

— C'est vrai, vous avez Binch.

Il s'enveloppa d'un nuage bleuté.

— Réfléchissez bien, cousine.

— C'est tout réfléchi, cousin !

Mme Valière a tenu parole. Dès le lendemain, Binch, qui jusqu'alors prenait pension en ville, est venu habiter au manoir. On a rouvert pour lui une pièce demeurée vide depuis plusieurs années, à l'aile ouest de la maison. En des temps plus prospères, elle abritait un gardien. Il n'y a plus de gardien à Stangala. Binch s'est donc installé dans ce gîte accroché sous les toits comme un nid d'hirondelles, auquel on accède de l'extérieur par un raide escalier de pierre. Dès l'aube désormais il est à pied d'œuvre. Un rude travailleur, ce Binch ! Le Commandant l'estimait beaucoup et jusqu'à sa mort se reposa entièrement sur lui. Je comprends la fière réplique de Mme Valière :

— Nous avons Binch !

Agnès, elle, se désintéresse totalement des travaux de la ferme. On dirait que les deux femmes se sont partagé la besogne, la jeune fille se chargeant plus particulièrement de son frère. La santé d'Hubert exige en effet, des soins vigilants. C'est un enfant très fragile, d'une sensibilité quasi maladive. Un vrai gosse de vieux — je songe au père, bien entendu. Les Valière reconnaissent qu'en lui faisant commencer sa sixième l'an passé, à l'Internat Saint-Raphaël, ils commirent une erreur. L'équilibre affectif de l'enfant s'en ressentirait encore. Bref, Agnès s'efforce à réparer le mal. Je la crois assez douce pour y parvenir, assez maternelle. Un fait certain, c'est que le petit a voué à sa sœur une touchante confiance. C'est curieux : la maman, au fond, c'est plutôt elle…

En dehors des repas, Agnès se montre très peu. Chaque matin, pendant que je donne sa leçon à

Hubert, je la vois qui sort la Saxo du garage. Parfois elle porte un bouquet. Elle se rend sans doute au cimetière. L'après-midi elle reste dans sa chambre. Je l'imagine s'adonnant à de délicats travaux d'aiguille.

Je me relis. Comme mon vocabulaire se fait hésitant, dès que j'évoque Agnès ! Après une semaine, je ne la connais guère plus qu'au premier jour. Toute en nuances, elle défie le portrait. Si différente de Mme Valière ! Pourtant la mère et la fille s'entendent bien. En un sens, elles se complètent. J'avais cru, l'autre soir, devant le cadavre du Commandant, sentir une sorte de tension entre les deux femmes, et, de la part d'Agnès, comme de la réprobation. Je me trompais. Agnès n'a pas à juger sa mère. Que lui reprocherait-elle ?

21 juillet

C'est ma faute ! Tout est de ma faute. Je viens de gâcher un moment unique. Maintenant je me retrouve seul, étourdi, le feu aux joues, comme après un soufflet. En vain je tends l'oreille : la voix magique du piano s'est tue. Je doute qu'elle résonne encore pour moi.

Revenons en arrière, à l'instant où Agnès, ce matin, m'est apparue, une Agnès insoupçonnée.

Il était un peu plus de 11 heures. Je venais de terminer ma leçon de latin. Nous travaillons tous les matins dans la bibliothèque, au rez-de-chaussée — une salle haute et étroite, austère avec ses cloisonnements d'acajou à moitié dégarnis, où les encyclopédies historiques et militaires voisinent avec la collection complète de la Revue des Deux Mondes — le tout poussiéreux à souhait.

Hubert était déjà sorti. J'étais occupé à ranger mes livres quand elle entra. Elle commença par me questionner sur les progrès de son frère. C'est un sujet que nous abordons presque à tous les repas : Agnès suit en effet de très près le travail de l'enfant. Aussi me demandai-je avec quelque étonnement si c'était la vraie raison de sa visite. Je ne pus que lui répondre ce que je lui avais encore dit la veille au soir : qu'Hubert était plein de bonne volonté, réfléchi et un peu lent, qu'il traînait un gros retard, et que de toute manière, en moins de 8 jours...

Agnès s'était assise sur un sofa.

— Le pauvre petit... Il a eu des études bien irrégulières. Hubert a toujours été très fragile. L'an passé pourtant, mon père avait pensé qu'en le confiant à l'Institution Saint-Raphaël... C'est un établissement sérieux. Vous y avez enseigné, je crois ?

— Enseigné... c'est-à-dire... Oui, j'y ai passé quatre ans.

— Pour Hubert, continua-t-elle, je voulais vous dire… Il faudra être indulgent, monsieur Meynier, très indulgent, très patient…

Elle s'arrêta :

— J'ai l'air de vous donner des conseils. Vous le connaissez déjà très bien. Vous avez su le prendre. Si, si…

L'entretien tourna court. J'étais trés gêné. Je n'ai jamais été très à l'aise avec les femmes. Et il faut bien admettre qu'Agnès, depuis huit jours que je la fréquentais, n'avait rien fait pour dissiper ma timidité. D'ailleurs je la connaissais si peu !

Je restai un moment debout au milieu de la bibliothèque, tout gauche, ne sachant si je devais sortir, ne trouvant rien à dire. Pour masquer mon embarras, je me mis à farfouiller dans un des tiroirs du bureau.

Quand je me redressai, j'eus un choc au cœur. Je crois que j'ai lâché un cri et reculé instinctivement la tête. A un mètre, Agnès dardait sur moi la gueule d'un revolver. Je voyais le petit trou noir. Elle avait le doigt sur la détente. Un œil fermé, le visage très absorbé, elle me visait, posément !

Mais cet œil à l'instant même s'ouvrait. Agnès abaissait son arme, éclatait de rire. C'était la première fois que je l'entendais rire.

— Avouez que je vous ai fait peur ?

— J'avoue. Où diable avez-vous déniché ce joujou ?

Elle désigna de l'index le mur du fond. Ce mur a ceci de particulier qu'il est presque entièrement couvert par une panoplie. Sur un fond de velours grenat éteint, des reliques militaires (képi, épée de parade...) sont accrochées à côté des souvenirs de campagnes : trophées guerriers, masques africains, etc.

— Mon père l'a ramené de Syrie. Sa dernière campagne : deux blessures et les premiers symptômes de l'endocardite dont il est mort. Tenez, c'est une assez jolie pièce. Rassurez-vous, il n'est pas chargé.

Je saisis le minuscule pistolet, en admirai la crosse damasquinée.

— Un bijou ! Et ça tue ?

— Mon père disait qu'il pouvait être une arme très redoutable. Il est très maniable, peu bruyant. Un enfant saurait s'en servir.

Elle reprit l'arme, la replaça dans sa gaine de cuir rouge contre la muraille. Elle fit quelques pas dans la pièce, caressa au passage la reliure d'un volume, eut l'air de contrôler un titre. A nouveau elle se laissa tomber sur le sofa.

— A propos, dit-elle brusquement, notre cousin Harcouët est venu, il y a deux heures. Vous le connaissez ? Vous l'avez vu aux obsèques ?

— En effet, je l'ai remarqué.

— C'est toujours la même histoire : la prairie de Kerstrao. Mais c'est vrai, vous n'avez sans doute jamais entendu parler de la prairie de Kerstrao ?

— C'est-à-dire... J'étais au salon l'autre soir, quand ils en ont discuté, votre parent et votre mère.

— C'est un rustre ! Il est revenu à la charge tout à l'heure. L'entretien a été, disons, orageux !

Elle eut un petit rire, qu'elle tamisa au creux de sa main, en demoiselle bien élevée.

— Le plus beau, c'est quand on a appelé Binch en renfort. C'est Harcouët lui même qui a lancé l'idée : il se croyait sûr de Binch. Tête du cousin, lorsque Binch a déclaré qu'il ne conseillait pas la vente ! Il est reparti furieux. Je crois bien qu'il n'est pas près de remettre les pieds à Stangala.

La conversation aurait dû normalement s'achever là. Après tout, leurs affaires de famille ne me regardaient pas. Je me rendais bien compte qu'il y avait quelque indiscrétion à solliciter d'autres confidences. Pourtant ma curiosité fut la plus forte.

— Je ne comprends pas. Vous dites que votre parent se croyait sûr de Binch ? Ils se connaissaient donc ?

— Ils se connaissaient très bien, en effet.

— Mais quels intérêts communs ? Binch est à votre service ?

Agnès fit un geste évasif.

— Mon père avait conçu quelques soupçons. Rien que des soupçons, bien sûr. Avouez qu'on avait le droit de trouver bizarre l'insistance avec laquelle depuis plusieurs mois Binch harcelait mon père, au sujet de cette prairie. A l'en croire, il fallait vendre, vendre tout de suite. Et Harcouët était l'acheteur idéal.

Elle s'arrêta. Et plus bas :

— Le soir même avant sa mort, juste avant votre arrivée, ils en avaient encore discuté. Mon père s'était emporté, avait quasiment mis Binch à la porte.

— Et pourquoi Binch aurait-il changé si vite d'avis ?

Un sourire indéfinissable plissa les joues d'Agnès.

— Il n'a plus tout à fait la même optique. Il y a huit jours, il obéissait encore. Aujourd'hui…

La phrase resta en suspens. Au même instant, comme pour lui faire écho, la voix de Binch s'éleva criant un ordre, du côté des granges. Elle était nette et distincte malgré l'éloignement, impérieuse. Une voix de chef.

Je regardai Agnès.

— Votre mère semble avoir une confiance absolue en lui…

Elle ne releva pas directement le propos.

— Binch a beaucoup de qualités, dit-elle. C'est un bûcheur, il sait mener son monde. Mon père le savait. C'est bien pourquoi il n'a jamais pu s'en séparer. Mais il ne l'aimait pas.

— Vous non plus ?

— Je crois que mon père avait raison.

Elle se leva, et changeant soudainement de ton :

— Je descends au village tout à l'heure. Vous n'avez pas de courses à faire ? Vous profiteriez de la voiture.

J'ai accepté. Etais-je réellement démuni, comme je l'ai affirmé à Agnès, de tabac et de papier à lettres ? Je crois que j'aurais inventé n'importe quoi pour être avec elle cet après-midi. Nous nous sommes donnés rendez-vous à trois heures au bas du perron.

Il était trois heures un quart, quand Agnès arrêta la Saxo sur la place de Lambour.

— Je monte au cimetière, dit-elle. Faites tranquillement vos achats, monsieur Meynier. Nous nous retrouvons à la voiture, mettons dans une demi-heure. Ça vous va ?

Elle s'éloigna, portant d'une main un petit balai et un broc, de l'autre un gros bouquet de roses rouges.

J'eus vite terminé mes emplettes. Le bureau de tabac était aussi mercerie-bazar. Une vieille femme a l'air ennuyé me tendit silencieusement mes gauloises et un bloc douteux.

Je me promenai un moment dans la rue déserte. Une scie mécanique ronronnait, seul indice de la vie. Non, il y avait d'autres indices. Ainsi ces rideaux qui, à mon passage, se soulevaient furtivement aux fenêtres. On détaillait le nouveau locataire de Stangala. Dans les maisons assoupies les langues allaient bon train. Les mieux informés déjà n'ignoraient rien de mon identité et de mes fonctions. Les autres brodaient des hypothèses.

J'avais parcouru deux fois de bout en bout l'unique rue de Lambour. La demi-heure était loin d'être écoulée. Sans trop réfléchir, je montai l'escalier devant l'église, pris le chemin du cimetière.

Agnès était agenouillée sur le marbre du caveau familial, occupée à recueillir les pétales tombés autour du vase. Elle comprit que j'étais derrière elle, mais ne manifesta aucune surprise. Elle continua sa tâche, minutieusement. A l'aide du balai, elle époussetait le socle, la croix, les grilles.

— C'est effrayant, dit-elle sans se retourner, comme la poussière s'amasse. Il faudrait recommencer le travail plusieurs fois par jour.

Elle se redressa, contempla d'un air satisfait le bouquet écarlate. Des pinsons chantaient dans les cyprès du pourtour. Non loin de nous, une petite vieille, accroupie sur une tombe, grattait la pierre à l'aide d'une truelle de maçon. Tout dans ce cimetière de campagne dénotait l'ordre, l'entretien. Des morts qu'on n'oubliait pas.

— Je crois que nous pouvons partir, dit Agnès.

Je la suivis entre les tombes. La petite vieille, quand nous passâmes, ne releva pas la tête. Elle avait posé sa truelle et arrachait les herbes qui croissaient dans les rainures entre les blocs de granit.

Agnès m'attendait dans l'allée centrale. Je lui dis combien la bonne tenue du lieu m'avait frappé.

— C'est vrai, dit-elle. Vous trouveriez des dizaines de cimetières du même genre dans nos campagnes les plus reculées. Le 1er novembre, ces camps disparaissent sous les fleurs.

— Les gens, ici, sont restés très croyants.

— Je le pense. Mais plus que la foi, ce peuple a la religion de la mort. Il ne se résigne pas à ranger ses défunts dans un au-delà inaccessible. Il les garde jalousement. Il vit en leur compagnie. Il sait que les morts sont parmi nous, qu'ils nous regardent vivre, qu'ils nous jugent…

— Il sait ?

Il y avait dans les paroles de la jeune fille un accent de conviction qui m'intriguait.

Elle eut une réponse énigmatique :

— Mon père ne m'a jamais quittée.

Elle pressa le pas. Je n'osai pas l'inviter à préciser sa pensée. Nous étions parvenus à la voiture. Je me demandai si la jeune femme qui mettait le contact, actionnait le démarreur et effectuait un départ en douceur, était la même qui, un instant plus tôt, avait tenu ces propos d'un autre temps.

Nous traversâmes le village, abordâmes le raidillon qui monte au manoir.

A mi-côte, Agnès désigna des toitures visibles entre les arbres, à sa gauche :

— La ferme de Harcouët. Toutes les terres de ce côté de Lambour lui appartiennent.

— Il est riche…

— C'est la plus grosse exploitation du pays. Plus de soixante-dix bêtes à cornes. Oui, monsieur Harcouët est très riche, et très gourmand. Tout lui réussit. Pourquoi se gênerait-il ?

La Saxo poursuivait en ahanant la montée. Agnès tendit le bras :

— Et voici le bout de notre domaine. La fameuse prairie de Kerstrao, c'est là. Elle est mitoyenne aux terres de Harcouët : on comprend que ça l'excite. Voyez : les bois qui la surplombent provoquent aussi bien des convoitises. L'an passé, des taillis y ont brûlé au début de l'hiver.

— Malveillance ?

— Je ne sais pas. Mon père le croyait.

— Vous en tirez des revenus ?

— Non. Ça vous étonne? Attendez.

Elle arrêta le véhicule sur le bas-côté.

— Vous ne connaissez pas nos bois. Venez.

Nous franchîmes un fossé, longeâmes une garenne, entrâmes sous les arbres. L'air était chargé de l'odeur âcre des châtaigniers en fleurs. Des libellules dansaient dans les clairières, au milieu de la lumière.

Agnès s'immobilisa. Elle désigna d'un geste circulaire les buissons, les fûts baignés de brumes dorées, les frondaisons au repos :

— Mon domaine…

— C'est un coin charmant. Je comprends que vous luttiez pour le préserver.

— N'est-ce pas ? Il est merveilleusement changeant. J'aime l'ombre de ces après-midi d'été, comme aujourd'hui. Je l'aime en automne, quand les châtaignes éclatent sous les pas. Et en hiver, le froissement des feuilles mortes, la bonne odeur de terreau mouillé…

— Quel lyrisme ! Vous êtes une vraie fille de la terre.

— Et pourtant la mer est toute proche — à six kilomètres —, en prenant au plus court. Il y a des criques assez sauvages. On peut même s'y baigner quand on est bon nageur. Ma mère y va quelquefois.

— Et vous ? Non ?

— Je déteste la mer.

— Pas sportive, hein ?

— Non. A la pension, l'éducation physique était mon cauchemar. Je suis terriblement vieux jeu, n'est-ce pas ?

Elle ajouta, rêveuse :

— Quand j'étais jeune, pourtant, j'aimais la danse, les courses au soleil, l'été...

— Mais vous êtes jeune !

— Il y a huit jours, je le croyais.

— Plus maintenant ?

Elle ne répondit pas. Elle m'avait tourné le dos, et s'était mise à détacher les feuilles de jeunes pousses de châtaignier. Avec des aiguilles de pin, elle les tressait. Je m'approchai.

— Que faites-vous donc ?

— Je joue à la petite fille que je voudrais être toujours.

Elle avait façonné un bandeau dont elle se ceignit la tête. Elle se retourna :

— Comment me trouvez-vous, monsieur Meynier ?

— Très belle ! Pourtant... Attendez, il me semble qu'il manque quelque chose.

J'arrachai une fleur d'églantier, l'accrochai aux cheveux de la jeune fille. Je me reculai, admiratif.

— Agnès Valière, dit-elle, prenant sa robe à deux mains et s'inclinant.

A mon tour, j'entrai dans le jeu :

— François Meynier, pour vous servir !

Nous nous mîmes à rire : c'était sans doute la façon la plus commode de masquer le trouble qui se glissait soudain entre nous.

— François, reprit bientôt la jeune fille, j'aime votre prénom. Il est simple et frais comme du bon pain. Il dénote un cœur entier, sans malice.

— Moi aussi j'aime votre prénom, Agnès. Agnès, la jeune fille aux yeux de rêves, Agnès, la petite fille douce, et bonne…

Je vis avec stupeur se figer le sourire de ma compagne, tout son visage s'obscurcir, comme si un nuage soudain cachait le soleil.

— Je ne suis pas bonne, murmura-t-elle.

Elle pivota sur elle-même, fit deux pas, s'immobilisa.

— Agnès…

J'avais le cœur étreint. Cette brutale métamorphose… Qu'est-ce que j'avais dit ?

Elle gardait la tête baissée. Du bout de sa chaussure, elle remuait quelque chose dans les feuilles. Je vins tout près d'elle.

— Ce n'est rien, dit-elle. Un oiseau, un oiseau mort.

Elle se courba, saisit la boule de plumes, souleva une aile brisée, souillée de sang.

— Une fauvette. Ils l'ont tuée, des gamins avec leurs lance-pierres. A neuf ans, on leur a déjà appris à tuer.

Elle laissa retomber l'oiseau, eut un geste nerveux :

— Si on regagnait la voiture ?

Nous sortîmes du bois.

Sur le côté de la route, à quelques pas de l'auto, un homme se tenait immobile. Petit, sans âge, le visage mangé par une barbe sale, vêtu d'un méchant costume de toile brune, délavé. Il nous observa un moment, puis souleva son chapeau aux larges bords, tout bosselé, auquel des brins de paille restaient attachés.

Agnès inclina la tête et s'installa au volant. La petite voiture se mit à grignoter la montée.

Je me retournai. L'homme n'avait pas bougé. Il nous regardait partir. Sur son visage tanné, je crus lire l'ébauche d'un sourire.

— Le curieux personnage ! Vous le connaissez ?

— Oui, très bien, dit Agnès. Un nommé Guillou, un malheureux. Il a été longtemps employé au manoir. Il logeait à la métairie. C'était un bon ouvrier, intelligent. Mon père, dans les débuts, lui confiait des travaux assez délicats, des démarches à la ville. Il s'exprimait correctement, avait des connaissances. Et puis un jour le malheur est arrivé : sa femme l'a laissé. Il n'avait pas d'enfants. Il s'est mis à boire. Son travail peu à peu en a souffert. A plusieurs reprises mon père l'a sermonné. Il pleurait, jurait de s'amender. Cela durait deux jours, et il retombait un peu plus bas. N'empêche que mon père avait scrupule à le renvoyer. Il y a trois ans, Binch est venu au manoir. Tout de suite Guillou et lui se sont heurtés. Binch n'a eu de cesse qu'il n'ait obtenu de mon père le renvoi de Guillou. Il est vrai qu'il était devenu impossible sur la fin : paresseux, chapardeur. Il y a quelques mois, mon père a cédé. Depuis Guillou vit d'expédients, se louant dans les fermes du pays, un jour ici, un jour là, couchant dans les granges et faisant de longues stations dans les bistrots de Lambour. Il rôde assez souvent par ici. Il a voué à Binch, paraît-il, une haine tenace. Je le plains.

Je réfléchissais aux dernières paroles d'Agnès. Depuis notre conversation de ce matin, une pensée me travaillait.

— Votre père, dis-je, ne voulait pas renvoyer Guillou. Il l'a fait pourtant. Binch a été le plus fort...

— C'est un homme qui sait ce qu'il veut, où il va, dit Agnès. Il ira loin. A moins que...

La Saxo au ralenti traversait la cour du manoir. Elle vint s'immobiliser au bas du perron.

— A moins que ?

Agnès Valière se tourna vers moi avec un sourire sibyllin.

— Vous connaissez l'adage latin : « Ceux que Jupiter veut perdre... »

Elle laissa sa phrase en suspens, m'ouvrit elle-même la portière, me signifiant que l'entretien était terminé.

Je sortis de la voiture. Agnès manœuvrait pour remiser l'auto au garage. Je regagnai ma chambre, tournant et retournant dans ma tête les derniers mots de la jeune fille. Qu'avait-elle voulu dire ?

« Ceux que Jupiter veut perdre, il les rend fous. »

Fou, Binch ? Rarement il m'avait été donné de rencontrer un être plus maître de lui. De quel genre de folie un tel homme était-il bien capable ? Ce n'était sans doute qu'une boutade sans conséquence. Je fis un brin de toilette, et à 7 heures et demie (depuis la mort du Commandant le repas du soir est servi une demi-heure plus tard), je descendis pour le dîner.

Il fut banal et morne. Agnès était retournée à son mutisme familier et n'avait d'yeux que pour son frère. Je ne m'en étonnai pas. Je pressentais obscurément que devant sa mère elle aurait à nouveau son visage austère. Je l'avais crue timide. Non, c'était autre chose. J'avais l'impression maintenant qu'il s'agissait d'une sorte de jeu entre les deux femmes, un jeu complexe et subtil, dont les clés m'étaient inconnues.

Mme Valière me questionna sur notre promenade avec son affabilité coutumière. Nous causâmes de tout et de rien. Le repas s'acheva dans une aimable grisaille. Selon un scénario désormais classique, Agnès quitta la table très tôt, en compagnie de son frère. Puis Mme Valière vint me souhaiter le bonsoir.

Je m'attardai un moment seul au salon, pour y fumer une dernière cigarette. J'aime cet instant : le lent envahissement de la nuit, la fraîcheur après la pesante torpeur de la journée, les bruits familiers. Par la baie largement ouverte sur un ciel sans étoiles arrivait jusqu'à moi le ronronnement de batteuses lointaines. Depuis un moment déjà le salon était plongé dans l'obscurité. Pourtant je ne me décidais pas à monter.

Quand je vis la silhouette blême glisser au fil de l'escalier de marbre, j'eus un bref saisissement. Et aussitôt mon cœur sauta dans ma poitrine : tout de suite, je l'avais identifiée. C'était elle !

Brusquement je comprenais que je l'attendais, que je n'étais resté là que pour l'attendre. Je la distinguais mieux maintenant. Elle traversait le salon. Au centre de la pièce, elle tourna la tête vers le coin auprès de la fenêtre où rougeoyait ma cigarette.

— Bonsoir...

Elle m'avait reconnu, mais elle ne s'arrêta pas. Elle se dirigea sans hésiter vers le piano. C'était la première fois depuis que j'étais à Stangala. Je l'avais toujours vu fermé. Agnès alluma une lampe, souleva le couvercle, disposa une partition, et s'assit.

Les premières notes, graves, frémirent dans le silence nocturne, esquissèrent un appel assourdi, trois fois recommencé.

Je reposai ma cigarette sur le cendrier de cristal et me tassai au fond de mon fauteuil. Un chant très lent s'élevait, d'une simplicité dépouillée. Je connaissais bien cette musique. Plutôt, je croyais la connaître, car je m'apercevais avec stupeur ce soir que jamais encore je ne l'avais entendue.

La gorge sèche, j'essayais de comprendre. Je voyais Agnès de profil, très droite, la tête seule légèrement inclinée. La lampe du piano l'atteignant de biais, accentuait la blancheur de son visage. Blanche aussi sa robe, longue et ample, qu'elle avait disposée en corolle autour du tabouret. Au dîner tout à l'heure elle était habillée de noir. J'avais toujours vu Agnès en noir depuis la mort du Commandant.

Maintenant les longs doigts nerveux dansaient sur le clavier. Ils plaquaient les accords d'un vaste crescendo, soulevaient une tumultueuse tempête. Mais le fin visage penché sur la partition restait étranger à ce déchaînement, impassible.

Impassible ? A distance je croyais y lire cette expression grave, presque tragique que je lui avais déjà vue cet après-midi dans les bois de Kerstrao, quand ses traits subitement s'étaient durcis. On dirait que le soleil vient de s'éteindre, avais-je songé. A nouveau, je m'interrogeais.

Qui était Agnès ? Une petite fille à l'image de celle qui, tout à l'heure se tressait des chapeaux de feuillage ? Ou la femme déjà mûrie, dont le front pâle abritait des pensées trop lourdes ?

Miraculeusement, la pure mélodie initiale renaissait au sein de l'orage, mais plus hésitante, comme lassée. En sourdine, la main gauche tissait un contrepoint pathétique. Deux accords dans les notes les plus basses, qui résonnèrent longtemps. C'était fini.

Les yeux clos, Agnès abandonnait ses doigts sur les touches, désireuse peut-être de prolonger l'enchantement…

Puis elle se leva, rabattit le couvercle posément, éteignit la lampe, vint vers moi. J'étendis le bras jusqu'au bouton de l'applique. Une lumière discrète éclaira le coin du salon.

— Tous mes compliments, mademoiselle, vous jouez admirablement Chopin.

— Ah ! dit-elle. Vous avez reconnu ?

— Oui, le Nocturne en Ré bémol majeur. C'est un de mes morceaux préférés.

— C'est vrai ? Je l'aime beaucoup, moi aussi.

Elle s'assit dans un des fauteuils de cuir, en face de moi.

— J'ai toujours aimé ce Nocturne, fis-je, mais depuis ce soir… Vous me voyez encore bouleversé.

— C'est trop gentil ! Vous êtes musicien ?

— Je pianote un peu. Si des fées moins avares s'étaient penchées sur mon berceau…

— Des fées ? Comment cela ?

— C'est très simple. La musique dans ma vie n'a été qu'un accident. Je n'étais malheureusement pas de ceux qui peuvent s'offrir des leçons de piano. Orphelin très jeune, petit boursier…

— Oui, je comprends…

— Au lycée pourtant, il s'est trouvé quelqu'un pour s'intéresser à moi. Un vieux prof maniaque, très bon, à sa façon. Pendant trois ans il m'a pris chez lui gratuitement. Après… Après, mon Dieu, ç'a été au hasard des rencontres. Mais j'ai honte de m'étendre sur mes biens médiocres talents, devant une virtuose !

— Virtuose ? N'exagérons rien.

Elle se leva, alla se placer devant la fenêtre ouverte sur la nuit.

— Je crois, dit-elle, que ce soir la musique n'était qu'un des éléments de votre plaisir. Il y avait en plus le décor, la nuit autour de vous, le silence…

— Plus que la nuit. Dans l'obscurité du salon, l'apparition soudaine d'une robe blanche. Et tout a changé aussitôt.

Je m'accoudai à la fenêtre, à côté d'elle.

— Il y avait vous surtout. Pourquoi tant de modestie ?

— Je n'étais que l'instrument, dit Agnès. Mais je suis très heureuse que cela vous ait plu.

Je la regardai bien en face.

— Agnès…

J'avais d'instinct retrouvé les mots de l'après-midi, la fraternelle familiarité de nos jeux dans les bois.

— Agnès, pourquoi essayez-vous de me donner le change ? Pourquoi n'avez-vous pas confiance en moi ?

Elle m'observa un instant. Puis ses yeux me quittèrent, plongèrent au-dehors dans la nuit.

— Qui vous dit que je n'ai pas confiance ?

— Non, Agnès, dis-je avec élan, non, ce soir vous n'étiez pas la pianiste adroite qui interprète consciencieusement une belle page. C'est vous, Agnès, qui ce soir chantiez ! Oh ! ne dites pas non. Je vous ai bien entendue.

Elle eut un sourire :

— Et qu'est-ce que je chantais ?

— Je ne sais pas. Quelque chose en vous m'échappe encore, quelque chose…

Je m'arrêtai, scrutai un moment le visage attentif :

— Agnès, me le direz-vous ce soir ? Quel est votre secret ?

Les joues d'Agnès se creusèrent de deux fossettes moqueuses.

— Vous êtes un invraisemblable romantique, François ! Quelle science des âmes !

Elle posa sa main droite, familièrement, sur mon épaule.

— Croyez-moi. Je ne vaux pas tant d'attention. Je vous l'ai déjà dit : je ne suis qu'une petite fille — comme on en trouve sans doute quelques-unes encore au fond de nos campagnes — pas très moderne, fantasque parfois, rêveuse immodérément. Et c'est tout. Gardez de moi cette image. Cela n'est-il pas bien ainsi ?

Le ton était badin, enjoué. Pourtant mon cœur s'étreignit.

— Agnès, vous n'êtes pas heureuse. Dès le premier soir, je l'ai senti. Pourquoi…

J'hésitai, la gorge nouée.

— Pourquoi n'aimez-vous pas votre mère ?

Elle arracha vivement sa main de mon épaule. Elle dit sèchement :

— Qui vous autorise à juger mes sentiments ?

J'étais évidemment allé trop vite et trop loin. Dégrisé, je m'écartai de la fenêtre.

— Excusez-moi, mademoiselle. En effet, je me mêle de ce qui ne me concerne pas.

Le visage d'Agnès s'était radouci. Elle fronça les sourcils :

— François, ne s'est-il jamais trouvé quelque sorcière pour vous avertir que votre imagination vous perdrait ? Je n'aime pas ma mère ! François, est-ce qu'on n'aime pas sa mère ?

Elle éclata de rire, me tendit la main.

— Je vous souhaite une bonne nuit, monsieur Meynier.

Elle s'éloigna d'un pas rapide.

Immobile, je la regardais monter l'escalier. Agnès m'échappait ! Et je ne tentais rien pour la rattraper. Il eût fallu crier, l'appeler, lui dire…

J'ai regagné ma chambre, furieux contre moi-même, mortifié. Qu'est-ce qui m'a pris ? A quel titre me suis-je immiscé dans les affaires de la famille Valière ? Et quelles affaires ? « Votre imagination vous perdra », a dit Agnès. J'ai beau m'analyser, je ne comprends pas. Il me semble que ce n'est pas moi qui ai parlé, qui lui ai posé cette question inepte. Un autre en moi s'est révélé, que je ne connaissais pas, qui m'échappe encore. Etait-ce le piano ? Cette troublante complicité que la musique avait établie entre nous ? Cette nuit trop chaude, trop grisante ?

Oui, j'étais ivre. Ivre de cette étonnante confiance qu'elle m'accordait depuis quelques heures comme à un camarade de toujours. Je me voulais fraternel ; je n'ai été qu'incongru. Agnès (comment ne l'ai-je pas senti ?) est un être délicat, à la fierté ombrageuse. Elle s'est cabrée. Elle ne me pardonnera pas.

22 juillet

J'ai parlé à Agnès tout à l'heure. Depuis mon réveil, cette seule pensée absorbait mon esprit : la revoir, mendier son pardon. J'en suis là.

J'étais dans la bibliothèque. Le cœur vrillé par l'appréhension, j'ai entendu le bruit de la voiture qui la ramenait du village. J'ai abandonné Hubert, me suis précipité. Je l'ai rejointe alors qu'elle montait le perron.

— Je voudrais vous parler…

Elle m'a jeté un regard contrarié et surpris. J'ai perdu le peu de sang-froid qui me restait. J'ai débité mon couplet, bafouillé des excuses. J'ai été lamentablement plat, grotesque.

Elle m'a bien laissé barboter dans mes phrases trop préparées. A la fin, elle a daigné me tendre la main. Et, très grande dame :

— Vous en vouloir ? Mais pourquoi donc ? Je ne vois vraiment pas, monsieur Meynier, à quoi vous faites allusion.

J'aurais préféré qu'elle m'injuriât. Elle, m'en vouloir ? Non, bien sûr. Ce serait m'accorder une importance que je n'ai pas à ses yeux. Agnès m'ignore, voilà le vrai. Comme avant. Je suis redevenu ce que j'étais jusqu'à hier — c'est-à-dire rien. Cette évidence devrait fouetter mon amour-propre ; elle ne réussit qu'à m'accabler. Je me croyais l'épiderme plus chatouilleux. J'ai décidément bien changé.

26 juillet

Aujourd'hui, j'ai suivi les Valière à l'église de Lambour. J'ai pris place auprès d'eux au banc familial. Grand-messe interminable, prône en breton, plain-chant nasillard du bedeau…

Nous sommes ressortis dans la foule, au milieu des regards curieux. Agnès marchait à côté de moi, distante, hautaine. Derrière nous Mme Valière s'attardait, serrait des mains, tapotait la joue des bambins.

Triste dimanche. Les autres jours, au moins, il y a mon travail, le va-et-vient des charrois, les mille bruits de la ferme en activité. J'ai fait l'après-midi une longue promenade solitaire qui m'a conduit dans les bois de Kerstrao. J'ai revu la clairière. C'est si vieux déjà ! Pourtant les feuilles de châtaignier tressées s'y trouvent toujours, jonchant la mousse, et l'oiseau mort…

Revenu fatigué et mécontent. En passant devant la remise qui sert de garage, j'ai glissé un regard à travers les ais disjoints de la porte. J'ai vu briller la glace du pare-brise : la saxo était là. Agnès n'avait pas quitté le manoir. Hormis l'office du matin, le dimanche pour elle n'est qu'un jour pareil aux autres, incapable de dérégler le rythme immuable de sa vie.

Je suis remonté dans ma chambre. Interminable faction à la fenêtre, où j'ai fumé cigarette sur cigarette à m'en chavirer le cœur. Je savais qu'elle était chez elle, à quelques mètres de moi. Il suffisait de quelques pas, que je frappe à sa porte… Pour lui dire quoi ? Nous nous sommes tout dit désormais.

Après le repas, je suis allé m'asseoir au salon. Dans la pièce à côté, Marianne, la servante, dessert la table. Je perçois le cliquetis des fourchettes, un pas lourd écrasant le parquet de la salle-à-manger, et par intervalles le toussotement fatigué de la vieille femme. Un robinet du côté de l'office émet un vrombissement saccadé. Puis plus rien. Le silence. Très loin, la plainte aiguë d'une batteuse attardée. Les premières étoiles clignotent. Comme l'autre soir, je me laisse envelopper par la nuit. J'ai allumé une cigarette, torturé d'une volupté inquiète. Viendra-t-elle ? J'ai laissé se recréer le décor, espérant vaguement que les prestiges du crépuscule à nouveau susciteront le fantôme — la longue robe blanche coulant le long de l'escalier de marbre... Le carillon de la salle-à-manger égrène les quarts et les demies. J'attends. En vain.

A 11 heures, j'ai dû m'avouer que j'avais perdu mon temps. Agnès ne viendra pas ce soir. Elle dort depuis longtemps déjà.

27 juillet

Reçu une lettre du Ministère. Ma candidature est agréée. On me propose un poste au collège de Sassandra, en Côte d'Ivoire. Une brochure était jointe à l'envoi, éditée par la Direction locale de l'Enseignement. Elle fait de l'endroit une description idyllique.

« Coquette station sur l'Océan, à l'embouchure de la rivière "Sassandra"... Centre idéal de week-end et de vacances pour les Européens. Climat d'une fraîcheur privilégiée... »

J'avoue que j'ignorais jusqu'au nom de cette terre heureuse. On me demande une réponse urgente, afin que je puisse me soumettre à temps aux visites de santé obligatoires. J'accepte, naturellement. Je devrais être content.

J'ai annoncé la nouvelle à table. Gros intérêt. Voilà un sujet de conversation tout neuf. Les deux femmes se sont relayées pour me questionner. Mme Valière m'envie :

— Si j'avais été plus jeune..., a-t-elle soupiré.

Jusqu'à Agnès qui a paru piquée soudain de la tarentule de l'évasion. Malheureusement il y a la chaleur. Agnès ne supporte pas la chaleur.

— Vous nous écrirez ?

Bien sûr, Agnès. Je voudrais déjà être parti.

29 juillet

Le battage a débuté à Stangala. Depuis deux jours tout baigne dans une poussière dorée qui racle la gorge. Mme Valière ne chôme pas. Elle a, outre ses occupations habituelles, la charge de tous les journaliers embauchés pour l'occasion. Elle débat les salaires, écoute les doléances, apaise les conflits. Chaque matin elle descend à la cuisine de bonne heure et fixe le menu des ouvriers qui, par larges tablées, midi et soir, mangent au manoir.

Pourtant je n'ai jamais vu Mme Valière, aussi débordante de vitalité qu'au terme de ces journées épuisantes. La récolte, dit-elle, dépassera toutes les prévisions. Le grain est très lourd. Si le beau temps continue… Mais oui, la météo est encourageante.

L'atmosphère est à l'optimisme. Même Agnès sort de sa réserve et dit son mot. Elle évoque les prairies gorgées d'eau l'été précédent et les blés qui pourrissaient sur pied dans les champs.

Les rapports entre les deux femmes paraissent excellents. Je mesure un peu tard la légèreté de mes élucubrations. Mère et fille sont bien de la même race. L'antagonisme que j'avais cru déceler entre elles est tout superficiel. Sous des apparences plus affranchies, plus modernes, Mme Valière a en commun avec sa fille cette sensibilité rêveuse, cette perméabilité à l'irrationnel, qui est sans doute la marque la plus originale de l'âme celte.

Un curieux incident au repas de ce soir me l'a bien fait sentir. Nous étions déjà à table, quand Agnès est arrivée, accompagnée de son frère.

— Je vous présente un grand coupable, monsieur Meynier, a-t-elle dit en s'asseyant. Votre élève a égaré son livre de latin !

— Egaré ? Comment cela ?

— Hubert prétend qu'il a commencé à faire, en début d'après-midi, le travail que vous lui avez donné pour demain. Puis il est sorti, vers les 6 heures.

Et quand il est rentré, dit-il, le livre n'était plus dans sa chambre.

— Vous êtes sûr, ai-je demandé à Hubert, que vous ne l'avez pas égaré volontairement ?

— Non, a protesté l'enfant, on me l'a volé !

— Volé ! Qui donc s'intéresserait à un manuel de latin ? Mais le voilà, votre bouquin !

Je venais d'apercevoir Marianne qui s'approchait, tenant à deux mains précautionneusement un livre ouvert.

— C'est-y pas à monsieur Hubert ? dit-elle. J'viens de le trouver sur la petite table de la cuisine, parmi mes légumes.

J'ai pris le livre.

— Curieux. Il est bien ouvert à la page du devoir.

— En tout cas, est intervenue Mme Valière, une chose est certaine : tu es encore allé rôder à la cuisine. Tu sais qu'on te l'a interdit. Tu seras puni, mon garçon !

— Puisque je vous dis que je l'ai laissé dans la chambre !

Il s'est mis à pleurnicher.

Agnès observait son frère.

— C'est bizarre, dit-elle, j'ai l'impression qu'il ne ment pas.

— Alors, dit Mme Valière, comment le livre aurait-il échoué à la cuisine ?

— Vous êtes sûre, ai-je plaisanté, que votre Marianne n'est pas en train de s'instruire, subreptiecement ?

— Voilà l'explication, en effet ! C'était un devoir de latin ?

— Oui, une version, un court extrait d'après l'historien Suétone : « Présages de la mort de César. »

J'étais en train de parcourir la page tout en parlant. Je me suis arrêté, étonné, j'ai regardé l'enfant avec toute la sévérité dont j'étais capable :

— Vous avez l'habitude de barbouiller ainsi vos livres ?

De l'index je soulignais une ligne au milieu de la page.

Hubert a ouvert de grands yeux, a reniflé :

— Je n'ai rien écrit ! Ce n'est pas moi !

Il s'est remis à pleurnicher dans son assiette.

— De mieux en mieux ! Ça doit être encore Marianne !

— De quoi s'agit-il ? a demandé Agnès.

— Oh ! rien. Une petite correction. Le texte disait que peu de jours avant sa mort, alors que César offrait un sacrifice, l'aruspice l'avertit de se méfier des Ides de Mars, c'est-à-dire du 15 mars, selon le calendrier des Latins.

— Oui, je me rappelle..., a fait Agnès. Les Ides de Mars... Prends garde aux Ides de Mars !

— Or dans le livre, le mot *« mart »*, abréviation pour « *martiis* » (« de Mars ») a été gommé. A la place on a écrit au crayon, en lettres d'imprimerie le mot *« aug »*.

— Et cela veut dire quoi ? a demandé Mme Valière. Auguste ?

— Non. « D'Août » — les Ides d'Août.

— Mais pourquoi cette transformation ?

— Je me le demande. Les élèves ont parfois de ces idées abracadabrantes !

— Je n'ai rien écrit ! a gémi Hubert.

— Tais-toi ! a dit Mme Valière. Tu mens très mal.

— Après tout, ai-je dit, conciliant, il est peut-être sincère. Le manuel est vieux ; la surcharge m'aura échappé tout à l'heure.

Depuis un moment, Agnès essayait de déchiffrer le texte.

— En somme, la phrase devient : « Il lui recommanda de prendre garde aux Ides d'Août », c'est-à-dire « au 15 août » ?

— Non, pas exactement. Chez les Latins, la date des Ides variait selon les mois. Mais consultons notre élève. A quelle date, Hubert, tombaient les Ides, en août ?

Hubert a relevé la tête :

— Je crois que c'était le 13.

— Bravo, le 13, en effet. « Prends garde au 13 août ! »

— Que c'est compliqué ! s'est écriée Mme Valière. Avouez que notre calendrier est plus commode.

— Et César n'en a pas tenu compte, me semble-t-il ? a demandé Agnès.

— Non. Le jour même de sa mort, rencontrant le devin, dit-on, il se moqua de lui : « Tu vois que je suis toujours là ! »

— Comment vous expliquez-vous cette attitude ? a dit Agnès. Les Anciens étaient très religieux ?

— César l'était-il ? J'imagine qu'il devait surtout se fier à son étoile, à la fortune singulière qui, en quelques années, avait fait de lui le maître du monde. C'est ce qui l'a perdu.

— Vous pensez que c'était réellement un avertissement du destin a demandé Mme Valière.

— Vous savez, madame, personnellement je ne crois guère à de tels avertissements.

— Moi, j'y crois, a dit Agnès.

— Tu es bien superstitieuse, a dit Mme Valière. Pourtant, je reconnais qu'à la place de César…

— Oui, qu'est-ce que vous auriez fait ?

— Je ne sais pas, je me serais enfermée, barricadée, j'aurais fui tout contact pendant cette journée…

— Et ça n'aurait rien changé, a dit Agnès. Les Anciens savaient qu'on ne lutte pas contre le Destin. Les Dieux mêmes, disaient-ils, lui sont soumis. N'est-ce pas, monsieur Meynier ?

— Oui. Le Destin avertit, mais ne laisse guère de chance d'échapper à ses coups. Œdipe avait tout fait pour conjurer le sort : ça ne l'a pas empêché de tuer son père et d'épouser sa mère.

Mme Valière a lâché un « brr » transi :

— Si nous changions un peu de sujet ? Vous finiriez par me faire peur !

— Pourquoi peur ? a dit Agnès. Tu vois que tu es superstitieuse, toi aussi.

5 août

Du nouveau ce soir. Binch est entré, comme nous allions quitter la table. Il devait être attendu. Mme Valière, souriante, s'est vivement levée, lui a serré la main, et a invité tout le monde à passer au salon. Marianne, a apporté les liqueurs. Atmosphère cordiale, très familiale. Mme Valière pépiait. Binch commentait sa journée, donnait son avis sur le cours du blé, hasardait une plaisanterie, ou même taquinait Agnès, qui daignait sourire.

11 août

Le pli est pris : Binch monte désormais régulièrement au manoir. La moisson est terminée…, le travail de la ferme s'achève plus tôt..., on souffle un peu en attendant la grande fièvre de septembre.

Donc, sur le coup de 8 heures et demie, Binch apparaît à la porte de son pigeonnier, descend le raide escalier et gravit lentement le perron. Personne ici n'a l'air de s'offusquer de ces intrusions, au contraire. Personne, excepté Marianne, dont le vieux visage jauni se contracte dès qu'il passe la porte du salon. J'ai même noté qu'Agnès maintenant expédie prestement son frère dans sa chambre, et se hâte de redescendre.

Tout à l'heure, Mme Valière a proposé un bridge. Binch s'est excusé :

— Je ne connais que la belote. A la rigueur la manille coinchée.

Qu'à cela ne tienne : Mme Valière avait déjà joué à la belote avec son mari. C'était dans les débuts de leur mariage, mais elle s'y remettrait très vite. Par chance, Agnès aussi connaissait ce jeu très roturier.

— Vous ferez le quatrième, monsieur Meynier ?

Je me suis dérobé :

— Je n'ai jamais touché à une carte.

Je mentais. La belote est sans doute le seul jeu de société où je fasse honnête figure. Mais j'ai préféré demeurer là, derrière eux, à les observer.

Ils ont protesté un peu : la belote à trois, évidemment, ça n'était pas très orthodoxe. Mais au diable, l'orthodoxie ! Ils ont commencé à jouer.

Binch abattait ses cartes vigoureusement, en faisant claquer le petit doigt. Et il gagnait avec une régularité insolente. Je suis resté un moment avec eux, les yeux fixés sur la nuque puissante, partagé entre l'admiration et une sourde envie. Je me suis enfin esquivé, en alléguant mon voyage de demain à Brest : je suis en effet convoqué à 10 h 30 à l'Hôpital Maritime, pour y subir la vaccination antiamarile. Ce n'était qu'un prétexte, bien sûr.

J'ai approché ma table de la fenêtre. Je les entends, toutes les baies du salon sont ouvertes :

— Atout… Belote…

Et puis le rire épais de Binch.

Binch gagne. Binch est fait pour gagner. Dans tous les domaines.

— Il sait ce qu'il veut, où il va, a dit Agnès.

C'est vrai. Je n'ignore plus rien de sa réussite exceptionnelle. Mme Valière, Agnès, Marianne aussi, l'ont maintes fois commentée. Il paraît pourtant que les débuts ne furent pas faciles pour cet Alsacien échoué en Bretagne après la guerre, seul, sans famille, sans relations. Petit ouvrier agricole, il a connu plusieurs fermes du pays avant d'être embauché à Stangala. Ici, Binch a vite donné la mesure de ses réelles qualités. Cette promotion trop voyante, naturellement, a levé bien des jalousies. Binch d'ailleurs ne fait rien pour désarmer les inimitiés, menant son monde sans douceur, Marianne, qui ne le porte pas dans son cœur, l'a jugé d'un mot définitif :

— Un lèche-bottes !

Valière lui-même, dit-on, cachait mal son antipathie pour le personnage. Il le rudoyait, et ne pouvait se passer de lui. Depuis la mort du Commandant, Binch mène une existence laborieuse, sans histoires. Le dimanche, il enfourche sa moto, et on ne le voit pas à Stangala de la journée. Il doit rentrer tard. Marianne insinue que ces absences ne sont pas si innocentes : on l'aurait déjà aperçu dans des bars de Châteauneuf en état d'ébriété. Je me demande si ce ne sont pas de purs ragots inspirés par la malveillance.

Oui, un homme admirable. D'où vient ce malaise qui me gagne dès qu'il est là ? Plus qu'un malaise : un sentiment indéfinissable, aux limites de la méfiance et de la répulsion. Valière non plus ne l'aimait pas. Ni Agnès. Pourquoi ?

12 août

Je viens de rentrer de Brest. La tête me tourne encore. Je leur ai dit que le voyage en car m'avait incommodé, que j'allais me coucher tout de suite. Elles m'ont cru. Agnès a remarqué ma mauvaise mine :

— Ce doit être déjà l'effet de la piqûre. Reposez-vous bien, monsieur Meynier.

Cruelle ironie des mots : une piqûre en effet. Mais contre laquelle je doute que le sommeil puisse quelque chose...

Pourtant, comme j'avais le cœur léger, ce soir, en prenant la route de Stangala ! Après une journée passée dans l'atmosphère poussiéreuse de la ville, et l'interminable attente sur des bancs d'antichambre écrasés de chaleur, je humais à nouveau l'air de mes champs. Le soleil bas sur l'horizon dorait les cailloux du chemin. Je me retrouvais en pays ami. J'étais heureux, comme quelqu'un qui revient au foyer après une longue absence.

Je quittais les dernières maisons de Lambour, quand j'ai entendu derrière moi le vrombissement d'un moteur. Un tracteur s'engageait dans la montée, tirant une remorque vide. J'ai reconnu Binch. Arrivé à ma hauteur, il a immobilisé la machine :

— Je vous embarque, monsieur Meynier ? Si ça ne vous semble point trop incommode.

Je me suis hissé dans la remorque. Binch m'a expliqué qu'il s'était rendu à la Coopérative agricole de Châteauneuf avec un chargement de blé. Oui, la moisson était enfin terminée à Stangala. Des vacances ? Le mot lui a semblé drôle. Il ne savait pas ce que c'était ; on n'en avait jamais fini quand on travaillait la terre : il y avait les fossés autour des champs à récurer, le trèfle à couper, les betteraves à clairsemer ; bientôt on s'attaquerait aux pommes de terre.

J'étais assis derrière Binch. Je ne voyais de lui qu'un dos massif tendant le gilet de corps, des épaules noueuses ombrées de poil roux. De temps en temps Binch se retournait à demi, étendait la main :

— Kermabon, le domaine de Harcouët. Il a un élevage modèle d'armoricaines...

Il désignait des chaumes à la lisière de la route, sur sa droite :

— Les Gouriou ont engrangé depuis plus de 15 jours.

Il hochait la tête, connaisseur :

— Les faucheuses-batteuses, il n'y a que ça ! En trois jours ça abat autant de boulot que nos machines à nous, à Stangala, en dix jours. Et la fatigue et les ouvriers de plus en plus exigeants...

— Pourquoi n'avez-vous pas de machines modernes à Stangala ?

— C'est que ça coûte cher !

Il a haussé les épaules :

— Il y a tout à faire à Stangala.

Il s'est enfermé dans un silence énigmatique.

Le tracteur se haussait au sommet du raidillon. Binch amorçait une manœuvre circulaire avant de s'engager dans le chemin de terre qui conduit directement à la ferme.

L'homme surgit si brusquement que ni Binch ni moi ne l'aperçûmes qu'à l'instant où il se dressait devant la machine. Binch jura, appuya à fond sur la pédale, cala son moteur. J'avais reconnu Guillou, l'ancien ouvrier de Stangala. Immobile au milieu du chemin, les jambes écartées, il levait les bras.

Binch, la première surprise passée, hurlait :

— Bon Dieu ! Qu'est-ce qui te prend, Guillou ? Allez, f..-moi le camp !

L'autre ne se démontait pas. Sous le feutre délabré ses yeux étincelaient dans son visage noir.

— Doucement, monsieur Binch, doucement ! Ne nous fâchons pas. J'ai à causer.

— Pas de temps à perdre avec des ivrognes. Allons, dégage !

— Toujours les injures, monsieur Binch !

Il articulait le « m » de monsieur avec une emphase affectée.

Binch bondit de son siège avec une souplesse étonnante chez un homme de sa corpulence. Il fonça sur le vagabond, le saisit par le revers de sa vareuse et se mit à le secouer rudement :

— Ecoute-moi bien, mon gars ! Tu vas déguerpir de Stangala sur le champ ! Mets-toi ça dans ta petite caboche de fainéant ! Que je ne te rencontre plus sur ma route ! Jamais, tu m'entends ? Ou je te crève !

Il se débarrassa de lui d'une poussée si brutale que Guillou perdit l'équilibre, alla s'étaler contre le talus.

Binch remonta sur le tracteur. Guillou s'était relevé. Il avait perdu son chapeau. Des mèches grisâtres lui balayaient le front. Il leva le poing :

— Alors c'est la guerre, Binch ! Tu l'auras voulu !

Sa voix sifflait.

— Monsieur joue au grand patron ! Monsieur se croit déjà le maître de Stangala ! Pourquoi ? Parce que ça couche avec la mère et la fille ? Tu n'y es pas, mon gros ! Va falloir choisir !

J'ai eu un brusque éblouissement et ai dû m'appuyer à la ridelle. Si Binch s'était retourné ! S'il avait vu mon visage ! Mais il ne songeait pas à me regarder. Il écrasait l'accélérateur, lançait rageusement le véhicule sur la pente. L'autre, derrière nous, continuait :

— Va falloir choisir vite, Binch ! La mère ou la fille ! Il y en a une en trop !

Binch stoppa sa machine dans la cour de la ferme. Il sauta de son siège, fit un geste vers la route, plus haut :

— Sale petite crapule d'ivrogne ! Je n'ai qu'un regret, c'est de ne pas lui avoir balancé mon poing dans la figure !

J'ai secoué la tête comme un automate et me suis éloigné, les épaules pesantes. J'avais l'impression soudaine de marcher dans la nuit.

— Tu couches avec la mère et la fille…

Les mots ignobles résonnent encore dans ma tête. Pour la centième fois je m'interroge : Guillou était-il ivre ? Binch l'a affirmé. Pourtant je n'ai rien remarqué d'anormal dans son comportement. Il a parlé avec beaucoup de calme jusqu'au moment où Binch l'a bousculé. Emêché, oui, peut-être ! Pas au point de ne plus contrôler ses paroles. A moins qu'il n'ait sciemment travesti la vérité. Les deux hommes se détestent, c'est évident. Avouons que le pauvre Guillou a quelques raisons d'en vouloir à Binch. Brutalisé, il a vu rouge, il lui a lâché ce qu'il a trouvé de plus insultant. On sait assez que Mme Valière a beaucoup d'estime pour Binch. Il n'en faut pas plus. Quant à Agnès... Ça ne tient pas. Binch serait l'amant d'Agnès ? Je me demande bien quand ils se verraient seuls !

Besoin de me rassurer, de me raccrocher à une raison forte. Lentement, j'émerge du trou noir, comme après un coup de massue. J'ai d'abord cru que je me révoltais simplement contre la bassesse de l'outrage. Non, c'est beaucoup plus. Emotion tendre qui me gagne, embrume mes yeux, rend ma plume incertaine. Comment ne l'ai-je pas senti plus tôt ? Jaloux, je suis jaloux de Binch ! Oserai-je l'écrire ?

J'aime Agnès. Douceur étonnée que j'éprouve à tracer ces simples mots… Je me croyais blasé, pour toujours à l'abri des effusions du cœur. J'ai connu des filles, je me suis prêté au jeu, mais à froid, sans jamais aliéner mon âme. Et voici que j'aime ! Ma sage philosophie s'écroule. Il aura suffi des paroles grossières d'un être déchu pour aviver le feu latent, et que tout s'embrase...

Je suis en train tout doucement de perdre la tête. C'est l'été sans doute, et l'atmosphère extravagante de cette maison. Agnès est une fille attirante, secrète. C'est ce mystère qui m'excite. Curiosité, bien plus qu'amour. Car enfin il faudrait être un fieffé rêveur… Qu'est-ce que je suis ? Un petit « prof » minable à 7 000 francs par mois, à qui on fait bien de l'honneur en l'acceptant à la table des maîtres. Et je lève les yeux sur la demoiselle du lieu, la plus aristocratique, la plus fière. Oui, elle a été bonne pour moi, nous avons eu un ou deux entretiens. C'est tout. Qu'est-ce qui m'autorise à espérer davantage ?

Je viens de me lever, j'ai marché plusieurs fois autour de la chambre. Je me fais l'effet d'un écureuil prisonnier dans un de ces affreux tourniquets ; je dois être aussi affolé. Impossible de rester en place. J'ai la tête en feu, mes mains fourmillent. Insensé. Cette nuit encore, je ne dormirai pas.

10 heures dix. Je vais sortir un moment dans le jardin. L'air de la nuit me fera du bien. Peut-être ensuite verrai-je plus clair en moi ?

Minuit moins le quart. Il n'y a plus de mystère. Agnès est la maîtresse de Binch ! Calme avec lequel j'écris ces mots qui me condamnent. Le sort aujourd'hui s'est décidé à grouper les pièces du puzzle, il m'a pris par la main pour contempler son œuvre. C'est lui qui, ce soir, a placé Guillou sur ma route, et qui, il y a un instant, dans le parc…

La nuit était claire. Des nuées voilaient les étoiles, mais la pâleur du ciel annonçait la proche arrivée de la lune. J'ai quitté l'allée et ai traversé la pelouse. Il y a un étang au fond du parc : à travers les arbres je voyais le miroitement blême. J'ai marché dans cette direction. L'herbe de la pelouse absorbait le bruit de mes pas. Soudain, je me suis arrêté net. J'ai dû m'appuyer au tronc d'un arbre. J'ai fermé les yeux un moment qui m'a paru une éternité. Non, non ! Que cela ne soit pas vrai ! Malgré moi, mes paupières se sont ouvertes, j'ai tendu le cou.

Les brumes avaient fui dans le ciel, et mes pupilles maintenant habituées à l'obscurité discernaient mieux les objets. A vingt mètres, sous un saule pleureur surplombant l'étang, il y avait deux personnes. Un homme et une femme. Lui massif, en chemisette claire, c'était Binch. De ses avant-bras il encadrait une forme menue plaquée contre le fût. Je distinguais facilement les détails : la cascade de cheveux noirs, le triangle pâle du visage. Les bras de la femme tombaient le long de son corps. On eût dit qu'elle s'offrait. Leurs têtes étaient proches. Ils ne se parlaient pas, ils se regardaient.

Je ne pouvais me détacher de l'arbre qui m'abritait. Les yeux rivés sur eux, sur elle, j'attendais — le geste qui allait encore aviver ma souffrance, la faire monter au point où je ne pourrais plus la contenir, où j'allais crier… La sueur dégoulinait de mon front. J'avais soudain très froid. Mes dents se choquaient, mes ongles griffaient l'écorce rèche. Que l'homme s'avance encore, qu'il se penche, qu'il approche ses lèvres...

— Hep !

J'ai sursauté, me suis retourné, le cœur battant. Il y avait quelqu'un derrière moi ?

Presque aussitôt j'ai aperçu au ras du sol un visage noir, sale, des yeux ardents, un chapeau cabossé. Guillou.

L'homme mit un doigt sur ses lèvres. Silencieusement, avec une souplesse de chat en maraude, il rampa jusqu'à l'arbre. Il pointa l'index en direction du couple :

— Vous les voyez ?

Il sentait la terre, la paille moisie.

J'eus un mouvement de recul.

— Qu'est-ce que vous faites ici ? Par où êtes-vous entré ?

Guillou désigna un point de la muraille entourant le parc :

— Un éboulement. Et un lierre épais, qui sert d'échelle. C'est par là aussi que passe notre Roméo !

Il rit.

— Nous avons fait l'escalade presque ensemble. Un peu plus nous nous retrouvions nez à nez au sommet du mur. Vous vous rendez compte ?

— Si Binch vous aperçoit, il vous tuera.

Il eut à nouveau son rire silencieux.

— Pas de danger. Trop occupé, le frère ! Ça fait trois soirs que je les guette. Maintenant je sais ce que je sais.

Il étouffa un hoquet, exhala un arôme de vin épais.

— Qu'est-ce que ça peut vous faire ? dis-je. Leurs histoires ne vous intéressent pas ?

Guillou cracha par terre.

— Vous croyez ça, vous ! Ça m'intéresse même bougrement !

— Vicieux, hein ?

— Non, monsieur. Je me défends, voilà. Ah ! le gros Binch ! Comment qu'elle va prendre la chose, la petite dame, quand elle saura qu'il la trompe avec sa propre fille, hein ?

Il avait à moitié fermé un œil, et il tapotait du doigt ma poitrine.

— Mais vous… ça vous occupe aussi, à ce que je vois ?

Il me parcourut un instant d'un regard finaud. Puis il souleva son chapeau, se gratta la tempe, tandis qu'il observait le ciel.

— La lune ne va pas tarder à se lever. M'est avis qu'il vaudrait mieux déguerpir et laisser nos pigeons roucouler.

Je le suivis d'un pas mécanique.

Comme nous atteignions l'allée, les premiers rayons perçant les frondaisons ont fait chatoyer les eaux vertes de l'étang. Malgré moi, je me suis arrêté, je me suis retourné. Je les ai vus. Ils n'étaient plus qu'une forme collée au tronc du saule. Un seul corps immobile, sur lequel jouait la dorure de la lune.

Guillou m'attendait au milieu de l'allée. Je me suis écarté :

— Maintenant filez !

Le vieux ne sembla pas trop offusqué par le ton rogue.

— Pourquoi ? Vous ne pensez pas qu'on pourrait causer ?

— Je n'ai rien à vous dire.

— Moi si. Des tas de choses… A propos, vous n'auriez pas une cigarette ?

Je lui ai tendu mon paquet.

— Allez-vous-en !

— Bon. Vous devez avoir sommeil. Moi pas. J'aime me promener la nuit. J'y vois des choses...

Il s'est rapproché de moi, et m'a glissé à l'oreille :

— Venez demain après-midi au village. Vous me trouverez au Café Gloanec à partir de 3 heures. Je vous attendrai. On bavardera, hein ?

— Foutez-moi le camp, ou j'appelle !

— Tt...tt... Je m'en vais !

Il s'éloignait à reculons, en tirant sur sa cigarette.

— A 3 heures, Café Gloanec ! a-t-il répété.

Je n'irai pas. Pour quoi faire ? Je n'ai plus rien à apprendre. Oublier, oublier, oublier ! Etrangler en moi, pendant qu'il en est temps encore, ce serpent qui me mord le cœur...

La lune monte dans le ciel. Elle dore le pignon devant ma fenêtre. Elle est très belle, cette nuit, très pure, très poétique. La même lune qui, là-bas, derrière le manoir, réveille les eaux de l'étang et caresse le tronc lisse du saule pleureur...

Je voudrais mourir.

13 août

Je me suis présenté à 3 heures au Café Gloanec.

— Je savais bien que vous seriez là, a dit Guillou en se calant sur la chaise flageolante dont les entrailles pendaient.

La matrone nous a suivis dans l'arrière-boutique. Elle donne un coup de chiffon à la table, remplit deux verres, où traînent des effilochures de torchon.

— A la bonne vôtre ! dit Guillou.

Il aspire une longue coulée de vin, fait claquer sa langue.

J'ai mouillé mes lèvres et ai aussitôt reposé mon verre : la bière est tiède, éventée. La matrone repasse la porte lentement. Guillou a écarté légèrement son verre et mis ses coudes sur la table.

— Y a pas de longs jours que vous êtes à Stangala, vous, hein ?

— Un mois, Pourquoi ?

— Oui, c'est comme je pensais.

Il paraît rêver un instant.

— Moi, ça fait un joli bout de temps que je les connais tous. J'étais là avant Valière lui-même. C'est vous dire…

Il me jauge de son regard noir, une paupière à demi rabattue :

— Vous avez l'air d'un brave jeune homme. Si, si ! J'ai l'œil.

— Ne vous occupez donc pas de moi ! dis-je, agacé. Parlez-moi plutôt... des autres.

— Des autres ?

— De Binch.

— Binch !

Il a jeté le mot ainsi qu'un crachat. Il vide son verre d'un trait, comme s'il voulait se laver la bouche.

— Vous les avez vus hier soir ? Vous ne comprenez pas encore ?

— Qu'est-ce qu'il y a à comprendre ?

— Mais le jeu de Binch ! Il a décidé d'être le patron de Stangala, et de longue date. Oh ! il est futé, le bandit ! Il s'est dit qu'il arriverait par les femmes. Pour être plus sûr, il joue sur les deux tableaux. La dame, c'est le vieux tableau — façon de dire, car elle a tout de même encore du chien, vous ne trouvez pas ? Et puis, il y a la fille…

— Ce ne sont peut-être que des racontars ? Mme Valière a l'air d'une personne très sérieuse…

Bien que je ne sois venu que pour elle, j'évite encore de prononcer le nom d'Agnès.

Guillou a une grimace narquoise.

— Sérieuse ? Oui, elle est fourrée dans les jupes du curé. N'empêche qu'elle couche avec Binch. Et ça ne date pas d'aujourd'hui.

Il a baissé la voix :

— Vous savez où elle était, la nuit où Valière est mort ?

— Oui, je me rappelle. C'était le soir de mon arrivée. Une réunion pour une kermesse, je crois.

C'est ce qu'elle a dit, ai-je ajouté, en voyant la mimique de mon compagnon.

— Ouais. La kermesse a bon dos Je m'en vais vous l'apprendre, moi. Elle était à s'amuser avec Binch, à Châteauneuf. C'était la fête du 14 Juillet. On les a vus ensemble au Café du Centre, vers les 10 heures. Parfaitement, monsieur. Vous me direz qu'après tout ça les regardait. D'accord. Seulement, pendant qu'ils batifolaient, les tourtereaux, le Commandant était en train de passer l'arme à gauche. Tout seul. C'est moche, non ? Parce que le vieux, il avait bien son caractère, mais c'était tout le contraire d'un salaud. Il ne méritait pas ça.

Il s'est tu un instant, puis a repris :

— Notez que c'est pas elle la plus responsable. Le Commandant était vieux, malade, elle a tout juste quarante ans ; on sait ce que c'est, hein ? Mais Binch, c'est une ordure ! Il ne fait pas ça pour le plaisir, ou par vice. Ambition et calcul, c'est tout le bonhomme.

— Il y a longtemps qu'il la voit ? ai-je demandé avec effort.

— Qui ? la dame Valière ?

— Non… la demoiselle…

— Depuis la mort du vieux. Avant, tout de même, il n'osait pas. Maintenant, il joue sur du velours. L'une ou l'autre, selon que ça se dessinera. Gagnant à tout coup. Qu'il pense ! Parce que moi, je promets que ça craquera. Deux femelles sur le même gars, ça va tourner à l'aigre. Alors j'observe, je marque les points. Et quand il faudra, comptez sur le petit père Guillou pour donner un coup de pouce !

Il se renversa sur sa chaise, se gratta la tête :

— Bon Dieu ! Quelle chaleur ! On n'a jamais vu ça, un été pareil, hein ? Ça vous dessèche pas, vous, de parler ?

J'ai commandé un autre verre. Nous restons quelque temps silencieux. Je garde les yeux fixés sur ma bière ; une mouche verte s'y tord en grésillant. J'ai beaucoup appris. Pourtant je ne me décide pas. Il me reste une question à poser. Une simple question.

— Et la demoiselle ? Elle... elle l'aime, vous croyez ?

Guillou a l'air sincèrement étonné.

— Ça, l'amour, l'amour... Elles sont folles de lui, l'une comme l'autre, voilà le vrai. Deux femelles, je vous dis et...

— Taisez-vous !

Guillou a ouvert la bouche, stupéfait. Il vient seulement de remarquer l'expression de mon visage. Il vide son verre, tousse, secoue la tête :

— Je me disais bien aussi... Allons, petit, faut pas vous frapper pour une femme. Oui, je sais, quand on est jeune... Moi aussi... Bah ! on n'en meurt pas. La preuve ! Allons, buvez un coup, ça vous remontera !

J'ai relevé la tête :

— Oui, un alcool, quelque chose de très fort !

— Hé ! la patronne ! Un « lambic » ! Dans un grand verre ! Et pour moi, un rouge, naturellement.

Il m'a à nouveau regardé, compréhensif.

— Y a que ça de vrai dans cette chienne de vie. Les femmes croyez-moi, petit, elles valent pas le souci qu'on se donne pour elles. Toutes les mêmes. Des garces ! Pouah !

Et pivotant sur sa chaise, il émet un large crachat rougeâtre qui étoile le dallage poussiéreux.

Il était près de 6 heures quand je suis rentré au manoir. J'ai poussé la porte. Heureusement, le hall était vide. Marianne, qui mettait le couvert dans la salle à manger, a risqué dans l'entrebâillement un œil fouineur. Mais déjà je montais en courant le grand escalier, prévenant ses questions. Dans ma chambre je me suis laissé tomber sur le lit. Le plafond, les murs me paraissaient basculer. Je me suis redressé. J'avais les joues en feu, la gorge râpeuse. L'alcool, sans doute — cet affreux tord-boyaux — que Guillou, m'avait forcé de boire. Dans quel état je m'étais mis ! Je me rappelais le regard que m'avait décoché la patronne, quand j'étais sorti d'un pas mal assuré. Et tous ces buveurs accoudés au comptoir et qui s'étaient retournés pour me voir partir. Je m'en voulais maintenant de m'être compromis avec le vagabond. Demain, si Guillou ne tenait pas sa langue, tout Lambour ferait des gorges chaudes à mon sujet.

Je me suis levé, furieux contre moi-même. Quel besoin morbide avais-je eu d'accepter le rendez-vous de Guillou ! Qu'est ce que je voulais savoir ? Alors que j'avais vu, vu de mes propres yeux !

Les murs de la chambre avaient recouvré une immobilité relative. Seul le miroir que j'utilise pour me raser, suspendu à son piton, oscillait devant moi comme un balancier. Je l'ai décroché, me suis observé un instant. Des cheveux fous, des yeux éteints sous les paupières gonflées, des lèvres lourdes.

— Le parfait séducteur ! Pas étonnant qu'Agnès…

Saisi d'une subite flambée de rage, j'ai jeté brutalement le miroir sur le parquet où il s'est brisé. L'absurdité de mon geste aussitôt m'a dégrisé. J'ai ramassé les morceaux de verre épars. Puis je suis allé au lavabo, j'ai bu une gorgée d'eau, me suis rincé la bouche. « Je dois puer l'alcool. » La caresse du gant humide m'a fait frissonner. Cela va mieux maintenant.

Je me suis assis devant ma petite table de travail. Le jour baisse. Des meuglements montent de la ferme. Comme tous les soirs à la même heure les troupeaux rentrent. Rien n'est changé, la vie continue, et moi...

Tristesse qui me submerge. Amour déçu ? Orgueil blessé ? Avec quelle maîtrise Agnès s'est jouée de moi, m'a manœuvré avec des mots ! Comme elle a dû me trouver naïf !

— Pourquoi n'aimez-vous pas votre mère ?

Ai-je été assez aveugle pour ne pas comprendre dès le premier soir que les deux femmes depuis longtemps se disputent le même homme, se jalousent, se détestent... Amoureuses du même homme ! La mère et la fille ! C'est d'une abjecte simplicité.

10 heures. Descendu à 7 heures trente dans la salle à manger. J'ai retrouvé avec un soulagement que je ne m'explique pas la lumière chaude du lustre, la nappe bleutée, les quatre couverts disposés à leur place habituelle. Le décor paisible d'une famille unie, sans problèmes.

Je craignais d'être sombre ce soir, et qu'on le remarquât. D'entrée, j'ai donc manifesté un entrain d'autant plus nécessaire qu'il m'arrachait à mes propres pensées. J'ai soutenu la conversation, l'ai relancée, me suis grisé au jeu. Paradoxalement, j'avais hâte que Binch fût là, comme chaque jour. Binch, mon ennemi ! Ce soir, je jouerais avec eux à la belote. Je continuerais de m'étourdir le plus tard possible. Et tant pis s'ils s'étonnaient de mes soudaines aptitudes aux cartes !

On en était au milieu du repas, lorsque Marianne est sortie de l'office, tenant un paquet à la main.

— J'ai trouvé ça à la porte de la cuisine, tout à l'heure, en revenant du poulailler. Ça doit être le facteur. C'est pour vous, madame.

— Pour moi ?

Mme Valière a pris le colis d'un air surpris. Elle a lu tout haut la suscription : « Mme Valière — Manoir de Stangala — Lambour — Finistère ».

Elle a retourné le paquet dans tous les sens.

— C'est curieux, il n'y a pas de nom d'expéditeur.

— Ni de timbre de la Poste, a dit Agnès, qui tendait le cou pour mieux voir.

— C'est vrai. Il ne s'agit donc pas du facteur. A quelle heure, dites-vous, Marianne ?

Mais Marianne était déjà retournée à ses fourneaux.

Mme Valière soupesait le colis, perplexe.

— Il est bien léger. Je me demande… Vous permettez que je l'ouvre ? Je suis vraiment intriguée.

Elle a coupé la ficelle, défait l'emballage, découvert un petit carton brun, dont elle a soulevé le couvercle. Aussitôt elle a ouvert la bouche, son visage si coloré est devenu très pâle. Elle a levé vers nous des yeux stupéfaits. Puis elle s'est mise à nouveau à examiner l'intérieur de la boîte.

— Ça alors !

Sa voix était décomposée.

— Qu'est-ce que c'est ? a demandé Agnès.

— Regardez ce que je trouve.

Elle soulevait d'une main tremblante un minuscule cylindre de papier jaune diaphane qui se balançait au bout d'un fil, comme une lanterne enfantine.

Mais le plus surprenant, c'était le nœud de tulle noir qui cravatait l'objet.

— Un lampion ! s'est écrié Hubert.

— Un lampion avec un crêpe noir, a dit Mme Valière d'une voix neutre.

Agnès s'est retournée vers moi :

— Qu'est-ce que cela signifie ?

Je n'en avais aucune idée.

— Je suppose que c'est une farce ? ai-je dit bêtement.

Mme Valière a secoué la tête.

— En tout cas, a dit Agnès, la plaisanterie est de bien mauvais goût.

Mme Valière a replacé le lampion dans la boîte, a rabattu le couvercle.

— Oui, c'est certainement une plaisanterie. Je me demande qui a pu… Bah ! l'expéditeur en sera pour ses frais. Il vaut mieux en rire, vous ne croyez pas ?

Le repas s'est achevé sans autre incident. Mais en dépit des efforts de Mme Valière, une gêne indéfinissable a continué jusqu'à la fin de planer sur la table. Les bouches encore parlaient, mais les esprits visiblement étaient ailleurs. Moi même j'avais perdu toute ma verve, cette griserie factice dont je m'étais protégé pendant près d'une heure. A travers le silence pesant qui, insensiblement tombait sur la table, j'épiais les deux femmes à la dérobée, essayant de lire sur leurs visages, de saisir les pensées de ces fronts baissés. Des femmes tendues, méfiantes. Deux ennemies. Et je savais maintenant pourquoi.

Au dessert, Mme Valière a annoncé qu'elle devait sortir.

— Toujours cette kermesse, a-t-elle soupiré. On fait ce soir la répartition des stands. Tout seul j'ai peur que notre brave curé soit bien en peine.

Agnès a hoché la tête :

— Ma pauvre mère, tu te donnes bien du mal.

Je me suis retrouvé seul. Seul devant la nuit lourde, inquiétante. Quelque chose me dit que je devrais fuir tout de suite, m'enfermer dans ma chambre, me terrer.

Mais je ne peux m'arracher à la fascination du silence. J'ai penché le buste hors de la fenêtre, j'ai tendu l'oreille. Ce chant lointain des grenouilles, insolite... Jamais encore je n'ai entendu les grenouilles de l'étang. Qu'est-ce qui les fait crier ce soir ?

Immobile, les sens en éveil, je fouille la nuit. Je devrais monter dans ma chambre tout de suite.

J'ai sursauté, ai failli pousser un cri, en la sentant derrière moi.

— Bonsoir, François.

Je me suis retourné, sur la défensive. François ! De quel droit…

— Bonsoir, mademoiselle…

La nuit était claire. Je la voyais très bien dans la pénombre du salon, frêle, diaphane, dans sa robe blanche.

Sa robe blanche : malgré mon trouble, j'ai remarqué ce détail. Tout à l'heure au dîner, elle portait une jupe grise, un corsage grège. Elle a changé de vêtement, comme l'autre soir.

Mes paupières se sont mises à battre nerveusement. J'avais l'impression accablante d'un recommencement. Je savais ce qu'elle allait dire :

— Vous rêviez ? Que désirez-vous que je vous joue ?

Non, c'était trop bête ! J'ai réussi à contrôler le frémissement de ma voix, j'ai dit avec une froideur appuyée :

— Votre choix sera le mien. Ce sera certainement très bien.

Elle est allée sans mot dire au piano, a allumé, a soulevé le couvercle. Elle n'a pas ouvert de partition. Sa tête s'est inclinée légèrement. Ses doigts ont glissé.

Ah ! l'illusionniste ! Les poings crispés, mes ongles rivés dans ma chair, je lutte contre l'émotion qui me point le cœur. Devant moi, la nuit oppressante, le silence, que trouble à peine la plainte lointaine des rainettes.

Derrière, je le sais, la même forme blanche, les mêmes doigts. Et le même appel, mais plus âpre ce soir. Je la devine à nouveau derrière moi. Elle se déplace comme une ombre. J'entends son souffle court.

— Cela vous a plu ?

— Oui, beaucoup, ai-je dit sans me retourner.

— Alors je suis contente. Je me suis rappelée que vous aimiez ce morceau : le Nocturne en ré bémol majeur. Vous en souvenez-vous ?

Si je m'en souviens !

— Je crois, en effet, l'avoir déjà entendu interprété par vous.

Elle s'est accoudée à mon côté.

— Quelle nuit merveilleuse !

Elle donne aux vocables les plus conventionnels une fraîcheur convaincante. Elle est immobile. J'ai contre mon bras la chaleur de son bras nu. Un léger parfum monte de sa chair. Je m'écarte un peu.

La jeune fille inspecte le ciel.

— Les vents ont tourné…

Elle respire fortement :

— Vous ne sentez pas ? Cet air âcre, iodé…

— La mer ?

— Oui, les vents sont maintenant plein ouest. Je crois qu'il va pleuvoir.

Sa voix devint plus grave :

— L'orage sera là bientôt. Et la nature se hâte. Dans notre glycine il reste quelques grappes. Elles n'ont jamais embaumé comme en ce moment. Et les rainettes... Savez-vous qu'on les entend très rarement ?

La glycine, les rainettes, la nature ! Il n'y a qu'elle pour parler ainsi. Poétique et sentimentale, la vraie Agnès retrouvée... Non, je ne marche plus !

Elle parle à nouveau :

— Le 13 août... Un mois déjà, jour pour jour...

Au fait, c'est vrai : il y a un mois ce soir que le Commandant Valière est mort.

— Les Ides d'Août...

Est-ce à moi qu'elle s'adresse ? Sa voix n'est plus qu'un murmure lointain, un chuchotement de confidence.

J'ai allumé une cigarette.

— Je puis vous en emprunter une ?

— Oh ! je vous demande pardon. Je croyais que vous ne fumiez pas.

Je craque une allumette, je l'approche de son visage. Avec étonnement j'aperçois un masque crispé, grimaçant dans la lueur mouvante, presque laid. Elle qui, à l'instant, parlait avec tant de sérénité...

Je l'observe à la dérobée. Elle fume à petites bouffées courtes, comme une débutante. Ses yeux fixent quelque chose au-dehors.

Un oiseau s'envole lourdement de l'un des tilleuls de l'allée et passe au ras de notre fenêtre avec un bruit de soufflet. Son cri découpe l'air comme un tissu, roule dans le silence ouaté. J'ai senti le frémissement du bras d'Agnès contre le mien.

— Il vous a fait peur ? Ce n'est qu'une chouette.

— Je n'aime pas cet oiseau. On dit ici que c'est l'oiseau de la mort.

— Je ne vous savais pas si impressionnable.

Je désigne la roseur au-delà des arbres :

— La reine des nuits ! Elle manquait au tableau, vous ne trouvez pas ?

— La reine des gâcheuses. Oui, je crois qu'elle va tout gâter. Tous ces secrets, ces petites tricheries, ces mensonges au milieu desquels elle va se glisser…

Je la regarde, surpris :

— Vous paraissez bien amère.

— Mais non dit-elle. Pourquoi voulez-vous ?

J'ai terminé ma cigarette. Je me détache de la fenêtre.

— Il se fait tard. Avec votre permission, je vais remonter. Bonne nuit, mademoiselle.

— Restez !

Elle a jeté le mot d'une voix tendue. Dans ses yeux je crois lire de la détresse. La prendre contre ma poitrine, oublier…

Je me raidis. La veille aussi, à la même heure, Agnès s'est laissée aller entre les bras d'un homme, de Binch.

Je me suis excusé, en prétextant un début de migraine. J'ai regagné ma chambre. Peut-être ai-je eu tort. Je n'ai jamais vu Agnès si fragile, si vulnérable.

On aurait presque dit qu'elle attendait ma protection. Contre quoi ? Contre qui ? Je dois rêver. D'ailleurs, elle a Binch. Qu'elle l'utilise.

La lune irisait la surface de l'eau, transperçait les vaguelettes de piques de feu qui tremblaient.

Madeleine Valière crawla en direction du large. Dans l'air tranquille le battement de ses pieds résonnait, couvrant le clapotis léger de la mer contre les rochers qui ceinturaient la crique. Elle s'arrêta, souffla, s'ébroua. Elle se retourna vers le rivage.

— Alors tu viens ? Elle est dé-li-cieuse !

Elle se mit sur le dos, se laissa paresseusement bercer.

La lune au-dessus d'elle se déplaçait lentement. Une lune maussade, emprisonnée d'un halo funèbre. Mauvais signe. Déjà, en plusieurs quartiers du ciel, des nuées masquaient les étoiles. L'orage était pour cette nuit sans doute. Il avait fait si lourd, toutes ces journées.

La houle ballottait le corps étendu. Les yeux fermés, Madeleine Valière s'abandonnait à la caresse du flot. Elle se sentait jeune, désirable dans le maillot qui la moulait étroitement.

Elle décolla sa nuque de l'eau, l'entendit qui s'approchait à grandes brasses vigoureuses. Elle laissa retomber sa tête, sourit. Dans un instant, il serait à son flanc. Elle ouvrirait les yeux, et elle verrait son visage tout contre le sien. Ou bien elle sentirait sa main sur son épaule.

Un rire sourd la secoua brusquement. Si ceux de Lambour s'étaient doutés ! Leur dame patronesse ! Aucun danger : l'endroit était suffisamment écarté, et les gens de la ferme, là-haut, dormaient déjà.

Elle perçut le clapotis tout proche, un souffle puissant qui se déplaçait au ras de l'eau. Il était là, derrière. Il allait poser légèrement sa main froide sur elle, l'enlacer. Elle était crispée, maintenant, tendue délicieusement.

— C'est toi ?

La main venait de s'abattre sur son épaule. Une main de plomb. D'un seul coup tout bascula, la lune, les étoiles. Ses oreilles, ses tempes bourdonnaient. Elle voulut crier :

— Non ! Attention ! Quelle plaisanterie stupide !

Une eau amère emplit sa bouche, noya son cri. La main pesait, pesait. Convulsivement, elle se mit à gifler la mer de ses bras, de ses jambes, tenta de s'accrocher à quelque chose, à cette chair glacée, impassible. Son cœur éclatait dans sa poitrine. Elle se débattit encore pour la forme, quelques instants. Comme un éclair, des images fusèrent, sillonnèrent son esprit en déroute — des visages : Agnès, Binch, Hubert, Binch... Une phrase s'arracha soudain aux limbes de son subconscient, martela ses tempes - une phrase inexplicable :

— Les Ides d'Août... Prends garde aux Ides d'Août...

Puis la nuit tout à coup, la fin de la lutte. Doucement Madeleine Valière coula dans un abîme noir sans comprendre.

Sans même comprendre qu'elle était en train de mourir.

Interlude

Le jeune vacher de Kerandraon qui, au petit matin, menait ses bêtes brouter l'herbe rase sur la falaise, aperçut l'auto ruisselante au milieu des pins. Etonné, il abandonna ses vaches dans la lande, s'approcha.

C'était bien la Saxo de Stangala. Il l'avait souvent remarquée stationnant à cet endroit, pendant que la dame se baignait en bas. Mais à cette heure ? Et sous la pluie ? Il brumait depuis l'aube. La glace du côté du volant était restée ouverte, et l'eau avait pénétré à l'intérieur. Au milieu du siège du conducteur, il y avait une petite mare.

De plus en plus intrigué, le garçon dévala le sentier de douaniers jusqu'à la mer. Tout de suite il découvrit le corps, dans les rochers, à gauche de la crique, ondoyant, au gré du reflux, parmi les algues et des oursins.

Hurlant de terreur, le vacher remonta en courant jusqu'à la ferme.

Une heure plus tard, il y avait foule sur la grève, malgré la brume qui épaississait, se transformait en pluie d'orage.

Le docteur Moreau était dans les premiers présents. Il ne put que constater le décès. La mort par noyade remontait à plusieurs heures. Abandonné par la marée descendante dans un trou d'eau, le corps n'était pas trop abîmé. Le Docteur Moreau était un vieil ami de la famille Valière. Jusqu'à la mort du Commandant, il ne se passait guère de semaine qu'il ne montât au manoir. Il réussit à écarter l'autopsie.

L'accident d'ailleurs ne faisait aucun doute. Mme Valière, bien qu'excellente nageuse, avait dû être prise d'un malaise. On connaissait assez ses habitudes, cette manie qu'elle avait de se baigner seule. Le maire se rangea sans difficultés aux conclusions du médecin. Le lieu était dangereux, traversé de remous à certaines marées. A la prochaine séance de son Conseil, il proposerait un arrêté interdisant les baignades en cet endroit.

Le curé arriva peu après. Il traça les signes sur le corps, dit les paroles consacrées.

Tandis que la voiture du docteur ramenait Mme Valière au manoir, les villageois assemblés par petits groupes frileux sous la pluie, commentaient l'accident. On s'apitoyait sur le sort tragique de la famille Valière. Il aurait suffi de quelques semaines — exactement un mois, remarqua quelqu'un. On évoquait le caractère indépendant de la veuve, ses goûts bien à elle. Une vieille ajouta même d'un air finaud qu'elle s'était vite consolée.

A ce moment on aperçut Binch qui courait entre les pins et s'installait au volant de la Saxo abandonnée. On apprit plus tard que, dans l'affolement général, on avait eu beaucoup de mal à le joindre, qu'on avait fini par le trouver dans une lande éloignée, occupé à couper de l'ajonc pour les bêtes.

Pendant qu'il s'éloignait, les insinuations se faisaient plus précises. Le curé de Lambour, qui s'était mêlé à ses paroissiens, entendit les propos et piqua une sainte colère. C'était un brave homme, aux idées larges. Il savait que Mme Valière avait toujours été bonne pour ses œuvres. Et pour le reste, « que celui qui n'a point péché… ».

L'éloquence enflammée du prêtre en désarma plusieurs. La pluie fit le reste. Insensiblement les groupes se dispersèrent.

Journal de François Meynier

16 août

Je rentre à l'instant des obsèques de Mme Valière. Jamais cérémonie funèbre ne m'aura paru plus désolée. Il bruinait. Un ciel bas écrasait le village, rendant mat les tintements du glas. En tête du cortège qui se dirigeait vers l'église, Agnès marchait, la tête baissée, livide sous la voilette de deuil, sans qu'on pût dire si elle pleurait. Elle tenait par la main Hubert, larmoyant, abruti par ces deux malheurs trop rapprochés. Binch venait immédiatement après la famille. Il s'avançait, impassible, les mains croisées derrière le dos. Je m'étais réfugié loin derrière eux, perdu au milieu de la foule. Quelqu'un pourtant m'a repéré, que j'aurais préféré ne plus jamais revoir : Guillou. Le vagabond était debout à la porte du Café Gloanec, triturant son éternel chapeau entre ses doigts maigres. Quand je suis passé, il a secoué imperceptiblement la tête, tandis qu'un sourire indéfinissable étirait sa face noire. J'ai détourné les yeux. Je croyais entendre avec une effrayante netteté les paroles de l'ancien ouvrier à Binch quelques jours plus tôt :

— Il y en a une en trop !

La prédiction s'était accomplie : aujourd'hui Agnès restait seule.

A l'église, au moment où le prêtre entonnait le chant des morts, j'ai senti à nouveau l'angoisse m'envahir. J'ai dû étreindre avec force le dossier de mon prie-Dieu ; j'avais besoin de m'accrocher à une réalité palpable. L'angoisse. Un mot que j'ignorais jusqu'à ce matin lugubre où l'on est venu dire au manoir que Mme Valière s'était noyée. Tout de suite une question a assailli mon esprit. Pourquoi la veille Mme Valière avait-elle menti, en prétendant qu'elle se rendait à une réunion paroissiale ? Rien ni personne ne lui interdisaient d'aller se baigner ce soir-là au su de tous. Qui avait-elle voulu tromper ? Je ne pouvais pas ne pas me rappeler que le jour de mon arrivée aussi, Mme Valière était sortie en disant qu'elle descendait au village pour la kermesse. Ce même soir, le Commandant était mort. Et cette fois…

— Il y en a une en trop !

D'autres petits faits maintenant accouraient à la charge, auxquels je n'avais jusqu'à ce jour prêté qu'une attention distraite. Le lampion cravaté de noir, par exemple, l'émotion extraordinaire de Mme Valière… Comme si elle avait pressenti quelque chose. Et plus effrayant encore, le présage accompli jour pour jour !

— Prends garde aux Ides d'août !

Non, ce n'est pas un hasard ! Ce genre de hasard n'existe pas. Je ne crois ni aux intersignes, ni au prémonitions. Quelqu'un a averti Mme Valière, quelqu'un qui savait qu'elle allait mourir. Qui ? Harcouët ? Binch ? Guillou ?

— Il y en a une en trop !

L'altercation s'est produite à la porte du cimetière, où la famille alignée recevait les condoléances. Quand j'y arrivai, Binch et un homme en habit noir en qui j'eus vite reconnu Harcouët, étaient déjà aux prises. Que s'était-il passé au juste ? Je suppose que Binch s'était présenté devant Harcouët et lui avait tendu la main comme aux autres personnes du deuil. Pour une raison que je ne m'explique pas très bien, surtout en un pareil moment, Harcouët était alors sorti du rang. Congestionné, les poings serrés, son corps épais boudiné dans le vêtement de cérémonie, il paraissait au dernier stade de l'excitation. Des lambeaux de phrases parvenaient jusqu'à moi :

— … des choses qu'il faudra bien qu'on sache…

— … pas de compte à vous rendre…

— Ordure !

J'ai cru qu'ils allaient en venir aux mains. Mais des parents s'interposaient, entraînaient Harcouët vers le fond du cimetière.

Imperturbable, Binch s'était replacé dans la file. Il serrait à nouveau des mains, s'éloignait, très maître de soi.

Je progressais lentement dans la foule qui défilait. La joie me gonflait le cœur. Le beau fiancé ! Je regrettais qu'on n'eût pas laissé les deux hommes vider leur querelle et se colleter publiquement comme des palefreniers. Je me suis trouvé soudain devant Agnès, remuant ces pensées. Le contact de la petite main gantée aussitôt m'a fait honte. La faiblesse de cette main ! Et ce visage blême, plus pathétique encore sous le mystère de la voilette de deuil… Cette voix douloureuse, ces mots à peine chuchotés :

— Merci François.

Elle aussi avait été témoin de l'esclandre. Comme elle devait être mortifiée ! Etait-ce moi, était-ce Agnès qui prolongeait l'étreinte ? Nos mains restaient jointes. La gorge contractée, je continuais de la regarder. J'avais oublié tous les autres ; elle seule en cet instant existait pour moi ! J'avais envie de lui crier :

— Eloignez-vous, Agnès ! Eloignez-vous de lui ! Il n'est pas digne de vous. Il n'est qu'un gros homme vulgaire. Vous êtes fine, sensible, intelligente. Eloignez-vous ! Pendant qu'il en est temps encore !

Je ne songeais plus à mes ressentiments, ni à ma propre angoisse. Il s'agissait d'Agnès. Après le père, la mère… Je savais que la prochaine victime serait Agnès.

J'ai dû avoir un éblouissement. Ce visage blanc me fascinait. Sous la voilette les yeux sombres me fixaient avec une intensité insupportable. Ils m'attiraient à elle, me magnétisaient ! Mes oreilles tintaient. Un appel venait jusqu'à moi, de très loin, du bout du monde.

— Sauvez-moi !

Combien de temps a duré le mirage ? Quelques secondes sans doute, qui m'ont paru chargées d'éternité. Et puis, comme si un écran se fût déchiré, soudain j'ai à nouveau perçu les bruits de la vie… des mots connus qu'on murmurait à côté de moi !

— … part à votre chagrin… condoléances…

J'ai écarté les doigts, j'ai serré d'autres mains, mécaniquement. J'ai descendu les escaliers du cimetière, titubant, grelottant dans la brume gluante, dégrisé. Et déjà mes angoisses revenaient et me prenaient à la gorge. Je sais qu'elles ne me lâcheront plus désormais. Pour la première fois j'ai le sentiment qu'une menace pèse sur moi. Sur moi ! Je n'ai été jusqu'à présent qu'un bouchon de liège ballotté, aveugle et sourd, au fil des événements. Manipulé peut-être ? Je sens que je n'ai plus ma place ici. Fuir, fuir cette maison maudite !

Hier j'ai relu mes notes. Je croyais y trouver un dérivatif à mes appréhensions, je n'ai réussi qu'à les attiser. Sous les menus faits que j'y ai consignés, et jusqu'au travers de ma pauvre aventure je devine une trame secrète, malfaisante. Je devrais déchirer ces feuilles, oublier, redevenir celui que j'étais il y a un mois encore. Mais ce n'est plus possible. Il faut que je parle ! Que je me délivre de ce poison !

21 heures. J'ai annoncé à Agnès que j'envisageais d'abréger mon séjour à Stangala. Elle a paru atterrée, elle m'a supplié :

— Restez, je vous le demande. Plus que jamais le pauvre petit aura besoin de vous.

Je n'ai pas osé dire non. Je m'en veux maintenant de ma lâcheté. N'importe. Demain, j'essaierai d'aller me renseigner à la gare de Châteauneuf. Il doit y avoir un train pour Paris vers les 5 heures. Dans quelques semaines, si tout se passe bien, je foulerai la terre d'Afrique.

L'Afrique… Non, je n'y suis pas encore. Depuis que ma décision est arrêtée, je vis dans l'appréhension d'un obstacle inconnu. De quoi ai-je peur ? Des autres ? Ou de moi-même ? De mon trop faible cœur... Ce moment où il me faudra prendre congé d'elle, lui tendre la main, une dernière fois.

18 août

J'ai trouvé la lettre à 11 heures ce matin, en remontant de mon cours. Marianne l'avait glissée sous ma porte quelques instants plus tôt. Elle était adressée à « Monsieur Meynier, Manoir de Stangala en Lambour ». On l'avait postée à Châteauneuf la veille à 19 heures — ce qui m'a aussitôt mis en garde, car je ne connais absolument personne dans cette ville. Pourtant j'étais loin de m'attendre à ce que j'ai lu, quand j'ai décacheté l'enveloppe. Sur une feuille de papier quadrillé bon marché il y avait ces simples mots en capitales d'imprimerie :

MADAME VALIÈRE N'ÉTAIT PAS SEULE A LA CRIQUE DE KERANDRAON.

La missive n'était ni datée ni signée.

J'ai d'abord pensé à quelque farce. Mais il m'a fallu vite abandonner cette interprétation : l'accusation terrible que je croyais lire sous le laconisme des mots répondait trop sans doute à mes intimes inquiétudes... Irrésistiblement, j'ai songé à un autre envoi anonyme : quand Mme Valière avait reçu son étrange colis, nous avions tous été bien aise de trouver une explication du même genre. On savait la suite.

Remontant plus en arrière, j'ai revu l'incident du livre de latin — cette ligne du texte maquillée de façon à indiquer la date du 13 août, la date exacte où Mme Valière était morte. Non, l'individu qui distribuait cette sorte de messages était tout le contraire d'un facétieux. J'écris « l'individu », parce que le style des trois interventions semble dénoter une même main. Une grave objection s'est cependant aussitôt présentée à mon esprit. Si l'on pouvait admettre qu'une seule personne eût expédié la lettre et le colis, était-il concevable qu'elle se fût introduite subrepticement au manoir, en plein jour, qu'elle y eût par hasard déniché le livre, peut-être resté ouvert à la page du devoir, et tirant immédiatement parti d'un détail du texte, à priori inconnu, qu'elle eût effectué ses corrections et repris le large — tout ceci sans avoir été vu de quiconque ? C'était rocambolesque.

D'autre part, dans le cas présent, pourquoi s'adressait-on à moi ? Pourquoi à *moi* ? Qui, en dehors des familiers du manoir, connaissait seulement mon existence et mon nom ? Qu'attendait-on que je fasse ?

J'ai tourné et retourné le problème dans ma tête, toute cette fin de matinée, sans réussir à y accrocher même une esquisse de solution. Ce secret était trop lourd pour moi. A l'issue du repas de midi, j'ai montré la lettre à Agnès.

Nous sommes maintenant presque seuls, les apartés sont plus faciles : il suffit de renvoyer Hubert à ses jeux.

Je m'imaginais qu'elle allait pousser des cris d'indignation, qu'elle s'appliquerait à souligner l'invraisemblance de l'allégation. Non. Elle n'a même pas paru exagérément troublée. C'est à peine si le papier tremblait dans sa main pendant qu'elle lisait. On aurait dit que, comme moi, elle avait d'emblée admis la réalité du fait. Elle est restée un moment silencieuse. Puis elle a prononcé un nom : Harcouët. Et spontanément, elle s'est mise à me raconter une étonnante histoire. On la sentait prise d'un brusque besoin de se confier, de se délivrer d'un long silence. Elle savait, m'a-t-elle dit (elle n'a pas précisé l'origine de ses informations), que Harcouët et sa mère s'étaient rencontrés plusieurs fois depuis la mort de son père. Des rendez-vous d'affaires ? C'était peut-être cela, peut-être aussi beaucoup plus. Mme Valière et Harcouët avaient été autrefois quasi fiancés. Quand Mme Valière avait rompu avec son cousin pour épouser le Commandant, Harcouët avait semblé très affecté. Amour déçu ? C'était possible. Agnès toutefois était d'avis que chez Harcouët le porte-feuille n'était jamais très loin du cœur. Quoi qu'il en fût, de cette rupture datait son inimitié contre le maître de Stangala, toutes les embûches qu'il avait essayé de tendre sous ses pas. La mort de Valière lui avait sans doute ouvert des horizons nouveaux. Harcouët ne s'étant jamais marié, Agnès se demandait s'il n'avait pas voulu tenter sa chance une deuxième fois, et si ce n'était pas l'explication des entretiens discrets qu'il avait eus avec sa mère.

— Et dans cette hypothèse, quelles auraient été, croyez-vous, les réactions de Mme Valière ?

— Bien que je n'aie jamais été sa confidente, je suis persuadée qu'elle l'aurait éconduit.

Un silence. Puis j'ai demandé :

— Vous admettez donc que Harcouët ait eu des raisons, disons sentimentales, de vouloir tuer votre mère ?

Elle a lâché un cri, horrifiée :

— Non, bien sûr !

Je l'ai sentie aussitôt qui faisait marche arrière et se dérobait. Le quart d'heure d'épanchement était écoulé : il n'y avait plus rien à tirer d'Agnès. Elle n'était plus qu'une femme timorée, préoccupée surtout de ne pas laisser ébruiter l'affaire.

— D'ailleurs, a-t-elle ajouté, ce n'est qu'une lettre anonyme ! Quel crédit peut-on faire à une lettre anonyme ?

— Qui l'aurait écrite selon vous ?

Geste d'ignorance :

— Vous savez, quand l'envie s'en mêle… On trouve sans doute que nous n'avons pas encore été assez éprouvés.

Je l'ai quittée, insatisfait. J'avais la conviction qu'elle en savait beaucoup plus qu'elle ne m'avait dit. En orientant la conversation sur Harcouët, sans que je l'eusse sollicitée, elle devait bien se douter qu'elle allait provoquer ma question, cette question qui avait eu le don de l'émouvoir à ce point. Bien qu'ayant déjà expérimenté à mes dépens l'extrême mobilité du caractère d'Agnès, je ne comprenais pas. Elle paraissait pourtant en veine de confidence. On aurait dit que ma phrase avait déclenché en elle un subit réflexe de défiance, la faisant instantanément rentrer dans sa coquille.

Lentement une idée cheminait dans mon esprit. Je ne sais pourquoi j'avais déjà ressenti cette impression, fugitivement, la veille au cimetière :

— Elle n'est pas libre. Quelqu'un pèse sur sa volonté, la musèle, la manœuvre.

Etait-ce désir de la protéger ? Ou besoin de savoir ? J'ai pris sur le chaud une décision assez folle. J'ai couru jusqu'à l'exploitation de Harcouët.

J'ai découvert le personnage sans trop de mal. Il était seul sur un tracteur dans un champ de sarrasin, non loin de la ferme. Je lui ai demandé sans préambule, quand il avait vu Mme Valière pour la dernière fois. Naturellement, il l'a pris de très haut :

— Je n'ai pas à vous répondre ! De quoi vous mêlez-vous, mon petit monsieur ?

Je m'attendais à sa réaction : en route, j'avais mijoté ma riposte. Quelques allusions savamment imprécises lui ont fait supposer que je savais beaucoup. Il a sauté à bas de sa machine, m'a invité à le suivre, hors du champ. Nous avons marché un moment dans la garenne. Harcouët paraissait mal à l'aise. Profitant de mon avantage, j'ai lancé un ballon d'essai. J'ai menti froidement :

— Je me suis laissé dire que vous aviez rencontré Mme Valière la nuit même où elle est morte.

L'effet de cette simple phrase a dépassé mes prévisions. Harcouët s'est arrêté, livide. J'ai cru qu'il allait s'affaisser. J'avais donc mis du premier coup dans le mille ?

Il a bégayé :

— Qui vous a dit ça ?

— Peu importe, puisque je le sais.

— C'est pure calomnie ! J'ai des ennemis, quelqu'un veut me perdre ! Mais je me défendrai. Il y aura des témoins : je prouverai facilement que j'étais seul, qu'elle n'est pas venue…

— Vous l'attendiez donc ?

Il s'est remis à marcher, lourdement, le dos voûté. Ses bottes de caoutchouc faisaient « floc, floc » dans la terre humide.

— Je lui avais fixé rendez-vous à Châteauneuf, au Café Central.

— Pourquoi ?

— Discussion d'affaires.

— La prairie ?

— Oui.

— Ça, on peut dire que vous avez de la suite dans les idées ! Mais pourquoi un rendez-vous clandestin ? Il aurait été plus simple que vous montiez au manoir, non ?

— J'évite quand je le peux de mettre les pieds à Stangala. Je risquerais d'y faire des rencontres... désagréables.

— Je vois. Peut-être aussi le genre d'affaire à débattre exigeait-il plus d'intimité ?

— Que voulez-vous dire ?

— Il m'est revenu que vous aviez l'intention de proposer à nouveau à Mme Valière de l'épouser.

Il m'a jeté un coup d'œil en coin. Il y avait dans ce regard de la crainte et une vague admiration. Je lui ai sorti ce que je savais, de science très récente. Incroyable ! Pendant que je débitais mon couplet, une expression de douleur vraie s'est répandue sur son visage, humanisant un instant ce lourd faciès sans âme. Je n'avais plus à côté de moi un être arrogant, sûr de lui, mais un pauvre homme accablé. Il m'a confessé sa minable histoire. Oui, il avait été sur le point autrefois d'épouser Mme Valière ; ils étaient d'accord tous les deux, elle encourageait ses assiduités. Pendant près de deux ans, elle l'avait tenu en haleine. Un jour il avait su qu'elle venait de se fiancer à Valière, rencontré à Paris chez des amis communs. Il avait pris le Commandant en haine. Naturel, non ? Il avait tout fait pour le ruiner, pour lui mettre le nez dans son insignifiance. Alors que lui même…

— A sa mort, vous avez repris espoir… Mais elle a refusé ?

— Je ne lui ai jamais reparlé de ça ! Vous n'êtes pas obligé de me croire, mais ce qui est sûr c'est que ce soir-là, après l'avoir attendu près de deux heures au Café Central de Châteauneuf, je suis reparti sans l'avoir vue. Vous pouvez interroger le personnel, si le cœur vous en dit.

— Vous avez fort bien pu la retrouver après votre départ du Café, la surprendre, et au cours de la discussion…

— La tuer ?

Il s'est arrêté derechef.

— Regardez-moi. Est-ce que j'ai l'air d'un fou ? Vous ignorez peut-être ma situation ici, la position électorale que j'occupe dans la région ? Et puis surtout…

Il a hésité, a cherché ses mots. L'émotion faisait trembler ses bajoues comme une gelée. Pathétique et grotesque.

— J'ai été peiné en apprenant sa mort. Très peiné.

— Alors qui ? Vous ne croyez tout de même pas à un accident ?

Il n'a pas répondu à mes questions.

— Voyez Binch. Il en sait certainement bien plus que moi.

Il a refusé d'expliciter sa pensée.

Nous étions d'ailleurs revenus dans le champ, sans que je m'en rende compte. Un ouvrier approchait, demandait au patron ses instructions. Harcouët est remonté sur son tracteur, a remis en route, sans me regarder.

Il était près de 15 heures. La sagesse, ma traditionnelle réserve me commandaient d'arrêter là ma carrière de détective et de regagner paisiblement Stangala. Mais il s'agissait bien de sagesse ! une fièvre toute neuve faisait bouillir mon sang. Et mon demi-succès auprès de Harcouët me grisait.

En courant à travers champs, j'ai rejoint Lambour. J'y suis arrivé à temps pour monter dans l'autocar qui assure la navette avec Châteauneuf deux fois par jour. Sans trop de peine j'ai repéré le Café Central, me suis installé à la terrasse. Il n'y avait presque personne au bar à cette heure. Le garçon qui m'a servi était bonasse, bavard. Il n'a fait aucune difficulté pour répondre à mes questions indiscrètes. Il se souvenait parfaitement, dit-il, que M. Harcouët s'était assis quelque huit jours plus tôt presque à la même table où j'étais à présent. Il y était resté un bon moment.

— Seul ?

— Oui.

— C'était bien lui ? Vous ne vous trompez pas ?

— Oh ! non. M. Harcouët est bien connu chez nous. Les bâtiments de la Coopérative sont juste à côté. En sortant des bureaux, M. Harcouët vient souvent prendre son verre ici.

— Il ne vous a pas dit qu'il attendait quelqu'un ?

— Ma foi non !... Il attendait quelqu'un ?

— Oui, Mme Valière, une dame qui est morte noyée ce même soir. Vous en avez entendu parler ?

— Oui, bien sûr. Et vous dites que M. Harcouët l'attendait ?

Il ne comprenait pas.

— Jamais venue ici ?

— Mme Valière ?

Le garçon s'est assis à côté de moi. Il a paru faire un gros effort de mémoire.

— Si. Je l'ai déjà vue au Café, au moins une fois.

— Avec Harcouët ?

— Avec une des relations de M. Harcouët.

— Binch ?

— Oui. Je ne la connaissais pas, à l'époque. Binch, oui, très bien. Il venait prendre son pot ici, de temps en temps. Le voyant avec cette dame, forcément, on en a causé et …

— Quand était-ce ? Vous vous souvenez ?

— Alors là… Il y a déjà un bout de temps. Ce qui est certain, c'est que depuis, Binch n'a pas remis les pieds ici ; ça, je l'aurais noté, car on n'aurait pas manqué de le charrier, rapport à la dame. Attendez ! Ça me revient d'un coup : c'était la veille du 14 juillet. Oui, je me rappelle. Il y a eu ce lampion qui est tombé sur la table. Même que la petite dame a eu une de ces frousses !

J'ai repris un taxi pour rentrer à Lambour. Une faible lumière papillotait dans mon cerveau. Le lampion. Quelqu'un a assisté à la scène et s'en est souvenu, pour avertir ou menacer. Qui ? Il me semble que Guillou m'a dit quelque chose au sujet de ce rendez-vous du 13 juillet. Il y avait foule au Café ce soir-là. L'incident a dû être remarqué par beaucoup. Ce pourrait d'ailleurs être aussi bien Binch en personne. Binch ! Le plus logique serait de lui en parler.

Je ne peux pas. Devant celui-là, je ne sais pas si je garderais mon sang-froid. Il me suffit d'évoquer l'homme, et aussitôt mes doigts se crispent…

J'ai préféré tout raconter à Agnès. Il était évident que ma petite enquête n'était pas de son goût. Elle a eu une moue choquée.

— Binch seul avec ma mère ? Ça m'étonne, ma mère avait assez le sens des distances pour ne pas s'afficher en public avec un employé.

Je n'ai pas bronché. J'aurais pourtant beaucoup à dire, Agnès, sur le chapitre de la dignité ! Etait-elle d'ailleurs sincère ? Elle aurait donc été la seule à ignorer ce que tout le monde chuchotait ? Je lui ai narré l'épisode du lampion. Là, tout de même, elle a paru ébranlée.

— Et qui aurait expédié ce colis ?

— Je ne sais pas. Binch, peut-être ?

— Pour quel motif ?

— Pour la faire chanter, par exemple… Supposez que Binch ait eu une faveur très importante à demander à votre mère…

— Je ne vois vraiment pas laquelle.

— Moi si.

— Mais encore ?

Je ne pouvais plus reculer. Je me suis jeté à l'eau.

— Imaginons qu'il ait désiré vous épouser, et que votre mère s'y soit opposée…

— M'épouser !

— Attendez. Il y avait là un moyen très efficace de pression sur elle. La menace du scandale, la crainte d'avoir à rougir devant ses propres enfants, ce sont là des arguments puissants dont peut jouer un individu peu scrupuleux. Rappelez-vous la réaction de Mme Valière quand elle a reçu le colis. Presque aussitôt elle a annoncé qu'elle devait sortir ce soir-là. Nous savons tous qu'elle n'a pas été à sa réunion paroissiale. Elle a revu Binch. Il ont eu une explication décisive. Mme Valière a maintenu son refus. Alors… on peut facilement imaginer une suite.

Agnès a gardé le silence un long moment.

Puis :

— J'ignore tout de la nature des relations entre Binch et ma mère. Il me répugne de m'y arrêter, et d'ailleurs je ne puis y croire, quelque troublants que soient les faits que vous rapportez. Mais vous me mettez en cause. Vous n'oubliez qu'un détail, monsieur Meynier. C'est que pour Binch l'autorisation de ma mère ne signifiait strictement rien.

Elle s'est arrêtée, et lentement, en détachant les syllabes :

— Je déteste Binch. Et il le sait bien !

Elle a dit cela avec un accent de sincérité impressionnant, une sorte de haine concentrée qui faisait siffler les consonnes.

Une telle duplicité est-elle possible ? Inconsistance d'un cœur qui ne demande qu'à se laisser leurrer ! Je les ai vus l'un contre l'autre, enlacés tendrement. Et voici qu'à nouveau je m'interroge. Je me prends à douter encore !

21 août

Ils sont ensemble ! Depuis près d'une heure. Je les ai vus, j'étais caché contre la glycine. Elle est passée tout près de moi ; le gravier crépitait sous son pas dansant. Pas de danger qu'elle m'ait aperçu : elle était trop absorbée par son rendez-vous. Elle se hâtait, elle courait pour être plus vite arrivée. Elle a monté le petit escalier de pierre. J'entendais son souffle pressé. En haut il y avait de la lumière, il l'attendait. Elle a ouvert la porte sans frapper, elle est entrée.

J'aurais dû continuer ma faction jusqu'au bout, toute la nuit, si c'était nécessaire. Et quand elle serait redescendue… Oserait-elle encore me regarder après cela ? Mais oui, elle nierait l'évidence, elle puiserait dans l'arsenal de ses mensonges quelque nouvelle fable.

Pourquoi me bafoue-t-elle ainsi depuis le premier jour ? Hier encore :

— Je déteste Binch !

J'étais prêt à tout oublier. Je t'en veux, Agnès. Tu as détruit tout ce qui était propre et sain en moi, et jusqu'au respect du visage humain : je sais maintenant ce qui s'abrite sous des traits trop purs.

Il faut que je la prenne sur le fait ! Je vais ressortir, je monterai l'escalier en silence. Bonsoir, Agnès ! Quelle surprise, hein ? Belle Agnès, secrète Agnès ! Putain Agnès !

Je ne sortirai pas. Parce qu'il y a l'autre. Et que devant celui-là… Je ne pourrai pas supporter, je ne pourrai pas ! Le tuer, je sais que ce soir j'aurais plaisir à le tuer ! Ce serait facile : il suffirait qu'en passant j'entre dans la bibliothèque, que je décroche le revolver à la panoplie. Tu m'as dit, Agnès, je me le rappelle qu'il pouvait être une arme redoutable. Volupté de viser au cœur, d'écraser la détente, de libérer ma haine ! Besoin lancinant qui fait bouillonner mes mains. Le sang bat mes tempes. Je deviens fou. Voilà où j'en suis, Agnès, voilà ce que tu as fait de moi.

Je n'irai pas. Je ne quitterai pas cette chambre. Ici, je suis à l'abri, protégé contre moi-même. Je ne veux pas pourrir au fond d'une prison pour elle ! C'est fini, je ne la reverrai plus. Jamais. Tout à l'heure, j'ai fait ma valise. Tout est en ordre. Je partirai demain à l'aube. Comme un voleur. Bientôt l'Afrique, l'oubli. Peut-être dans quelques années, à des milliers de kilomètres d'ici, écrasé sous le soleil des Tropiques, pourrai-je repenser à tout cela avec un esprit neuf, délivré des sortilèges ? J'aurai oublié le mal qu'elle m'a fait, je ne garderai que le souvenir de quelques propos aimables... Comme une musique berceuse et sans objet. J'évoquerai d'agréables instants d'illusion — ce soir de juillet — où, pour la première fois, elle s'est assise au piano. T'en souviens-tu encore, Agnès ? Tu portais une robe blanche. Sur le clavier d'ivoire tes mains diaphanes couraient. Tu jouais une page de Chopin : le Nocturne en ré bémol majeur. J'étais heureux. Je croyais que c'était pour moi. Je l'appelais « notre » Nocturne.

— Ecoute, dit Agnès, tu entends le piano ?

— Qui est-ce ? dit Binch. Meynier ?

— Qui d'autre ? Il m'a dit qu'il jouait, lui aussi.

Elle ajouta d'une voix sans timbre :

— Le Nocturne en ré bémol majeur de Chopin...

Il eut un rire niais :

— Ah, oui ?

Par la fenêtre ouverte, le chant montait jusqu'à eux, porté par le silence nocturne. Ils étaient allongés côte à côte sur le lit, tout habillés. Une petite lampe de chevet en bois grossièrement sculpté éclairait la chambre du célibataire aux murs blancs, le lavabo, la table recouverte de toile cirée, le placard avec ses rideaux de cretonne fleurie.

Le visage de la jeune fille se durcit. Elle se frotta les yeux à plusieurs reprises. Il se rapprocha d'elle avec un sourire tendre :

— Sommeil, ma chérie ?

Elle n'eut pas l'air de l'entendre.

— Tu crois qu'elle a souffert ? dit-elle brusquement.

Binch réprima mal un tressaillement. Il tourna la tête sur l'oreiller. Elle avait le visage tendu. Ses yeux fixaient un point au plafond.

— Tu me fais peur, Agnès.

Elle eut un rire bref.

— Vraiment ? Je pourrais te retourner le compliment. Parce que tout de même, mon petit Binch...

— Agnès, gémit-il, tu sais bien que c'était pour toi !

— Oui, pour nous, je ne l'oublie pas.

Elle se tut, reprit presque aussitôt :

— Alors, raconte-moi. Elle n'a pas crié ? Comment est-elle morte ?

— Non, elle n'a pas crié. Elle n'a pas dû souffrir. Ç'a été fini tout de suite. J'ai pesé, pesé...

Il haletait. La sueur inondait sa face épaisse.

— N'en parlons plus, veux-tu ?

Il se leva, prit dans le placard une bouteille de cognac, un grand verre. Il le remplit ras bord et l'avala d'un trait.

Agnès l'observait.

— Non, je ne t'en parlerai plus. C'est du passé maintenant. Un mauvais rêve.

Binch emplissait à nouveau son verre. La bouteille dans la main tremblait.

— Puisqu'elle était entre nous, dit-il.

Il la regarda :

— Puisque tu l'as voulu...

Il vida son verre.

Agnès à son tour s'était levée. Elle écouta un moment à la fenêtre, immobile. Le piano chantait toujours. C'était bien la troisième fois qu'il reprenait ce motif.

Elle revint lentement vers lui.

— Tout de même, dit-elle, je me demande pourquoi tu l'as tuée.

Il la dévisageait, bouche bée.

— Mais ma chérie, bégaya-t-il, c'est toi qui me l'as ordonné ? C'était pour toi ?

— Bien sûr. Mais... Soyons francs, Binch. Je t'estime trop pour imaginer que tu t'es lancé dans une affaire pareille à l'étourdie. Je te connais. Si, si. Tu as réfléchi. Et si tu l'as éliminée, c'est que tu devais le faire.

Elle raisonnait avec l'application d'une écolière studieuse, le front barré par la concentration.

Lui la regardait sans comprendre, la main encerclant le goulot de la bouteille, incapable de parler, subjugué par cette volonté froide.

Agnès marchait dans la pièce. Son ombre, énorme, courait sur les murs blancs.

— Tu voulais réussir, Binch, être monsieur Binch, n'est-ce pas, le propriétaire de Stangala. Il y avait deux solutions : elle ou moi. Mon père mort, elle n'avait que l'usufruit. Alors ? M'épouser avec sa bénédiction ? Jamais elle ne l'aurait accepté. Je suis mineure. Il t'aurait fallu attendre. Tu ne pouvais plus attendre, Binch ! Tu voulais tout, tout de suite ! Alors tu l'as tuée. Il y en avait une en trop.

Elle s'arrêta au centre de la pièce.

— Tiens, mais ç'aurait pu être moi, Binch ! Tu n'y as pas pensé ?

— Tu plaisantes, Agnès !

— Oui, naturellement. Moi, ce n'était pas payant : de toute manière il restait un héritier, Hubert.

Elle s'avança vers lui :

— Et puis je suis jeune et belle. Et tu m'aimes, n'est-ce pas, mon chéri ?

Il geignit :

— Tu me le demandes ! Tous ces ennemis que je me suis faits pour toi...

— Laisse-les. Ils ne comptent pas. Il n'y a plus que nous désormais.

Il la regarda, les yeux troubles de désir.

— Nous allons être heureux...

— Heureux, répéta-t-elle doucement.

Elle resta silencieuse, tendant l'oreille.

— On ne l'entend plus. Le poète a dit bonsoir à la nuit.

Il cligna de l'œil :

— Ce Meynier, tu en parles beaucoup, je trouve. Tu n'aurais pas un petit quelque chose pour lui ?

Elle sourit :

— C'est un ami, rien qu'un ami.

— Et moi ? dit-il en l'étreignant.

— Toi Binch, c'est différent.

Il voulut l'entraîner vers le lit, mais elle se dégagea. Il continua de la contempler, les bras ballants.

— Sais-tu que tu m'intimides ? dit-il. Dans ta robe de deuil... Même tes gants, tu ne pourrais pas les ôter ?

— Tout à l'heure, dit Agnès.

Elle caressait le ventre bombé de la bouteille. Elle sembla la soupeser, la fit un instant danser entre ses doigts, rêveuse.

Puis elle remplit le verre, lui sourit :

— Bois, dit-elle tendrement. Bois, mon amour, mon cher amour...

Interlude

Meynier se redressa sur son séant, le cœur battant. Le cri résonnait encore dans sa tête, un long cri d'épouvante. Il écouta. Il avait peut-être rêvé ? Un cauchemar comme il en faisait depuis quelques jours. Il avait les nerfs détraqués. Non, ce n'était pas une illusion. Il percevait du bruit maintenant. Des portes claquaient dans le manoir.

Il se glissa hors du lit, enfila un pantalon, enfonça ses pieds dans des savates, alla à la porte. Dans l'escalier il se trouva face à face avec Agnès. Elle aussi était à peine vêtue, un simple peignoir sur sa chemise de nuit. Ses cheveux en désordre dansaient devant son visage.

— Oh ! François, j'allais vous chercher. C'est affreux.

— Qu'est-ce qu'il y a ?

— Binch s'est tué. Venez vite.

Il la suivit silencieusement.

Binch était étendu sur le dos dans la cour d'honneur, au bas de l'escalier qui grimpait à sa chambre. Il était torse nu et portait un pyjama en toile rayée. Son visage était barbouillé de sang. Le haut du crâne montrait une plaie énorme.

Meynier frissonna. C'était le petit matin. Une rougeur s'étirait derrière les tilleuls. Des coqs claironnaient, se répondant d'une métairie à l'autre.

— Comment est-ce arrivé ?

Elle était à côté de lui, serrant frileusement contre elle les pans de sa robe de chambre.

— Je ne sais pas. C'est Marianne qui l'a découvert tout à l'heure en traversant la cour pour se rendre à la remise. Elle est rentrée en hurlant, a failli se trouver mal.

— Où est-elle ?

— Je l'ai fait monter. Hubert s'était réveillé. Il ne pouvait voir ça.

Elle se tut. Meynier avait levé les yeux vers la plate-forme au sommet de l'escalier. Elle suivit son regard.

— Il a dû faire un faux pas. De cette hauteur...

Il ne répondit pas. Il rabaissa les yeux sur le corps, eut un mouvement de répulsion, s'écarta. La semelle de sa sandale venait de se tacher à la rigole de sang qui déjà se coagulait dans le gravier.

— Il faut prévenir la police immédiatement. Parce que, pour ce qui est du médecin...

Elle leva la tête :

— La police ? C'est un accident ?

— Sans doute...

Les dents d'Agnès claquaient. Il ne l'avait jamais vue aussi éperdue.

— Rentrez, dit-il doucement. Allez près de votre frère. Je cours téléphoner à Lambour.

Elle ne bougea pas.

— Vous croyez qu'il ne s'est pas tué ?

— Je ne sais pas. Tout est possible.

Elle mit sa main tremblante sur son bras.

— Mais pourquoi ? Qui aurait pu vouloir attenter à sa vie ?

— Quand on est monsieur Binch, dit-il, les raisons de désirer votre mort ne doivent pas manquer. Vous ne croyez pas ?

— Qui ? insista-t-elle. Qui, François ?

Il se retourna brutalement ?

— Moi, par exemple !

Agnès le regarda avec une attention extrême, les sourcils contractés. Il y avait dans les yeux de la stupeur, une tristesse caressante.

— Vous ? Quel motif auriez-vous eu de vouloir supprimer Binch ?

Il sentait qu'elle le fouillait, essayait de lire au plus secret de ses pensées. Il eut peur de s'être trahi. Il répondit d'un ton léger :

— Mettons que les gros types qui réussissent trop bien m'agacent. C'est tout. Allons, continua-t-il en la poussant aux épaules avec douceur, il faut rentrer. Je cours au village.

Elle se mit à marcher vers le perron comme une somnambule.

Le Commissaire Barois arriva à Stangala aux premières heures de la matinée. Les services de l'Identité l'y avaient précédé et s'affairaient autour de la maison du drame. Barois s'approcha. Il souleva la couverture brune tachée de sang et considéra longuement le corps. Puis il se courba, saisit l'une des mains du mort, l'examina avec attention. Aucun muscle de son visage ne tressaillait. Il laissa retomber la main, leva les yeux. Son regard parut s'absorber dans une indécise méditation.

C'était un homme de quarante-cinq ans environ, mince, élégant, avec un beau visage marqué.

Il escalada lentement l'escalier de pierre, s'arrêta sur la terrasse et y rêva, la tête penchée vers la masse sombre à ses pieds.

Il entra dans la petite pièce. Deux gendarmes étaient de faction à la porte. Il répondit distraitement à leur salut militaire. Un photographe prenait des clichés ; les éclairs du flash zébraient la demi-obscurité de la pièce. Plus loin un autre inspecteur en civil, agenouillé, saupoudrait conscieusement pour les empreintes une carabine de chasse — la carabine du mort — que l'on avait trouvée accrochée au mur du fond. Barois ne leur accorda qu'un rapide regard. Il parcourut des yeux la chambre où Binch avait vécu, le lit défait, la table maculée, sur laquelle était posé un verre vide. Il fit un pas en avant. Quelque chose craqua sous son pied. Des éclats de verre brillaient sous la table et jusqu'au pied du lit.

Barois resta un moment immobile, les yeux à moitié fermés. On ne lui parlait pas, on l'observait avec curiosité. Il était réputé pour son mutisme. Les journalistes avaient depuis longtemps renoncé à l'interviewer, impressionnés par ce flegme, altier.

Barois sortit de la pièce, redescendit l'escalier. Il escalada le perron, se fit annoncer et alla s'installer au salon. De sa poche il tira un paquet de Chesterfield, alluma une cigarette et, les yeux mi-clos, s'abîma dans la contemplation des volutes bleutées.

La vieille Marianne était allée prévenir Agnès. Celle-ci descendit quelques instants plus tard et s'assit auprès du Commissaire. Barois enveloppa la jeune fille d'un regard rapide et s'excusa de l'importuner en de pareils moments. Il savait les épreuves par lesquelles depuis quelques semaines elle avait passé. Naturellement, il ne s'agissait pas d'un interrogatoire. Mais elle pouvait lui être très utile, puisqu'elle avait été presque la première à découvrir le corps et que d'autre part elle connaissait bien la victime.

Durant tout le temps qu'Agnès parla, Barois ne prit aucune note. Il ne posa guère de questions. Il écoutait, les yeux fixés sur la pointe de ses chaussures, dodelinant parfois de la tête légèrement.

Il reçut de la même manière, discrète et courtoise, les deux autres témoins du drame. Marianne d'abord, complètement terrorisée, dont le choc subi à l'aube semblait avoir chaviré l'esprit.

Elle n'arrêtait pas de gémir :

— Trois morts en à peine plus d'un mois ! Le malheur est sur la maison !

Barois la renvoya à sa cuisine et fit aussitôt appeler Meynier. La déposition du jeune homme fut vite terminée. Il ne put que confirmer les déclarations des deux femmes, soulignant comment, dès la découverte du corps, il avait décidé de téléphoner à la Police.

Barois le remercia, se leva et quitta le manoir, le laissant assez étonné qu'il ne lui posât aucune autre question. Un moment Meynier resta au salon. Par la fenêtre il voyait le commissaire qui se promenait tranquillement devant le perron, la cigarette aux lèvres, le dos légèrement voûté. Parfois Barois s'arrêtait, lançait un regard vers l'escalier et la porte basse, maintenant close, devant laquelle un gendarme adossé au chambranle somnolait. Puis ses yeux s'abaissaient, semblaient déchiffrer le gravier de la cour. Il s'enveloppait d'un nuage translucide et reprenait sa marche paisible.

A midi précis, une Renault noire stoppa devant le perron. Barois y monta. La voiture partit à vive allure vers Lambour. Sur la place du village elle s'arrêta juste assez pour permettre à un homme qui attendait là de s'y engouffrer. Elle redémarra aussitôt en direction de Châteauneuf.

— Alors, Marchadour ? demanda Barois.

Le lieutenant Marchadour était son limier, son rabatteur. C'était un petit homme trapu au front dégarni, au crâne bosselé. Il rendait à Barois d'inestimables services. Originaire de la région, sa connaissance de la langue et des us et coutumes locaux se révélaient souvent décisive.

Comme toujours, Barois avait soigneusement distribué les tâches. Pendant qu'il méditait à Stangala, Marchadour toute la matinée avait flâné dans le pays. A Lambour, il avait serré des mains, bavardé, vidé quelques chopes au Café Gloanec. Très familier, bonhomme, assaisonnant volontiers ses questions d'une plaisanterie du cru, il eut vite fait de désarmer les méfiances. Aussi bien les langues ne demandaient-elles qu'à se délier. En quelques minutes, Marchadour avait tout appris concernant les événements tragiques des dernières semaines.

Il entendit des interprétations diverses. La personnalité de Binch fut abondamment commentée. Bien vite on prononça les noms de Guillou et de Harcouët.

Marchadour avait alors pris sur lui de s'assurer immédiatement du premier. On avait fini par le découvrir à plus de 10 kilomètres de Lambour, à la ferme de Kerludu, vautré dans le grenier à foin, à côté d'un autre ouvrier d'occasion. Il s'était laissé emmener sans opposer la moindre résistance, un peu hébété d'avoir été réveillé en plein sommeil. Il ignorait tout, naturellement, de la mort de Binch. Mis au courant, il avait laissé éclater une joie bruyante. Et la voix pâteuse, il s'était aussitôt construit un alibi. La veille, il avait été employé toute la journée à la ferme. Rentrés tard des champs, ils avaient, son camarade et lui, vidé plusieurs bouteilles de cidre, avant de se coucher dans le foin. Le patron de Kerludu avait été formel : Guillou tenait ce soir-là une « cuite carabinée ». Il oublia d'ajouter que c'était là à peu près le seul salaire dont il payât les services épisodiques du vagabond.

Marchadour avait dû reconnaître que Guillou n'avait pas pu, dans un état pareil, faire à pied, de nuit et à deux reprises les quelque dix kilomètres séparant Kerludu de Stangala.

— J'ai quand même préféré le mettre à l'abri. Qu'est-ce que vous en pensez, patron ? J'ai l'impression qu'il pourrait nous être utile.

Barois hocha la tête :

— Vous avez bien fait. Nous allons le voir tout de suite.

Guillou était affalé sur une banquette dans le vestibule du commissariat de Châteauneuf, sous la garde théorique d'un jeune lieutenant au visage poupin, qui se dressa en sursaut quand Barois et Marchadour passèrent la porte.

— Allons debout ! aboya-t-il.

Barois le calma d'un geste.

— Laissez.

Ils entrèrent dans une petite pièce attenante, nue et claire.

Marchadour referma la porte.

— Asseyez-vous, dit Barois.

Il dévisagea un instant le vagabond. Guillou aussi l'observait de ses petits yeux vifs. Entre ses mains il roulait son chapeau cabossé. Des brins de foin brillaient dans sa barbe hirsute.

— Alors ? fit Barois.

Guillou eut une moue déçue. Il s'attendait à une question précise, peut-être à une accusation.

— Alors ? répéta-t-il, comme s'il ne comprenait pas ce qu'on lui voulait.

Marchadour s'avança.

— Eh bien ! parle ! Vide ton sac, mon petit vieux.

Guillou plissa ses lèvres noires en un sourire entendu ; ça va, il comprenait, on voulait un aveu !

— Mon commissaire, commença-t-il avec une emphase comique, je n'ai pas tué Binch et je m'en vais vous le démontrer. Hier soir…

— Oui, on le sait, coupa Barois. Ce n'est pas ce qui nous intéresse.

Guillou avala sa salive, roulant des yeux surpris. Il ne suivait plus. Pendant l'heure où il avait attendu au commissariat, il avait laborieusement mis au point une longue justification. Il avait trié ses arguments, préparé quelques phrases décisives. Et ils s'en moquaient ! Il était pris de court, désemparé.

Marchadour, habitué aux formules laconiques de son supérieur, traduisait, bon enfant :

— Ben quoi, t'as avalé ta langue ? Qu'est-ce que tu sais au juste ? Voyons, la mort de Binch, l'assassinat de Binch, ça ne te dit rien ? Ça ne te rappelle rien ? T'as pourtant ta petite idée, non ?

Le visage de Guillou progressivement s'éclairait. Il voila l'éclair de ses yeux, tandis qu'une expression de ruse déformait sa bouche.

— Vous pensez vraiment qu'on l'a zigouillé ?

Barois eut une moue évasive.

— Et vous voulez sans doute retrouver celui qui a fait le coup pour le décorer ? Parce que comme pourriture…

Barois d'un signe de la main, arrêta le flot d'injures. A nouveau Marchadour intervint :

— Tu en connais qui pouvaient souhaiter la mort de Binch ? En dehors de toi, bien entendu ? Pas très aimé dans le secteur, n'est-ce pas ?

— Personne ne l'encaissait. Vous pouvez causer aux gens de la ferme. Vous n'en trouverez pas un…

— Apprécié, pourtant, dit Barois, songeur. La confiance de ses employeurs, selon Mlle Valière elle-même…

Guillou rit de bon cœur :

— Je ne voudrais point être méchant. Mais ça, pour sûr qu'elle l'appréciait, la demoiselle !

Il continua de rire silencieusement, une main déployée devant sa bouche. Marchadour plissait son front bombé.

— Tu veux dire que la fille et lui…

— Etaient au mieux ! acheva Guillou avec bonne humeur. Et je sais ce que je dis !

— Et la mère, dit Marchadour, comment elle voyait ça ? Elle était au courant ?

— Un peu ! s'esclaffa Guillou. Elle voyait ça plutôt mal. Parce qu'elle même… Bien heureux qu'elle ait passé l'arme à gauche. Un vrai Don Juan, je vous dis, le Binch !

Barois avait levé vers Marchadour un regard interrogateur.

— Exact, dit le lieutenant, pour ce qui est de la dame. On me l'a laissé clairement entendre à Lambour. Quand à la demoiselle…

Il tapa rudement sur l'épaule de Guillou :

— Dis donc, vieux, c'est pas du boniment tout ça ? Cesse de rigoler comme un âne, et réfléchis à ce que tu avances. Tu sais que ça peut te mener loin ?

Guillou le regarda avec assurance :

— Puisque je vous dis que je les ai vus ensemble !

— Où ? Quand ?

— Dans le parc du manoir, une nuit. Je les ai vus comme je vous vois, en train de se bécoter. Là, vous me croyez maintenant ?

— Bizarre, fit Marchadour, la mine soupçonneuse. Qu'est-ce que tu fichais dans le parc de Stangala, la nuit ?

— Mon Dieu, je me promenais, dit Guillou avec dignité. Vous ne me croyez toujours pas ? Demandez donc au jeune homme. Oui, le jeune monsieur, vous savez, l'instituteur du petit Valière…

Journal de François Meynier

22 août

Le Commissaire est monté dans ma chambre, en fin d'après-midi. C'est la seconde fois aujourd'hui qu'il demande à me voir. Il était seul. C'est un curieux personnage, d'une politesse raffinée, l'air aussi peu policier que possible. Il donne perpétuellement l'impression d'un homme ennuyé par ce qu'on lui fait faire. Il s'est confondu en excuses pour son intrusion, s'est assis au bord de mon lit. Il a remarqué la valise ouverte sur la table.

— Vous alliez en voyage ?

Je lui ai dit que la veille j'avais en effet résolu de quitter Stangala, qu'il me restait pas mal d'affaires à régler avant mon départ pour l'Afrique. Il m'a écouté en fumant silencieusement. Puis :

— Je croyais que vous aviez été engagé pour l'été ? Mlle Valière semble tout ignorer de votre décision.

Il n'a pas insisté, m'a félicité de mon projet. Nous avons bavardé de l'Afrique qu'il paraît connaître fort bien, puis de choses et d'autres. Je sens nettement qu'il veut me mettre en confiance. Qu'espère-t-il donc savoir de moi ? Officiellement, il s'en tient à son propos initial.

— Vous êtes un témoin, rien qu'un témoin.

Il ne prend d'ailleurs pas l'affaire au tragique. Il m'a dit que les premiers résultats de l'enquête corroboraient la thèse de l'accident. Il semble admis que Binch était ivre. L'autopsie le confirmera vraisemblablement, dit-il. A aucun moment il n'a fait allusion à la présence possible d'une autre personne dans la chambre de Binch. Pourtant ils ont bien dû laisser des traces ? Les services de police ont consacré une bonne partie de la matinée là-haut, à photographier, à passer à la loupe chaque centimètre de parquet. Et ils n'auraient rien trouvé, hormis les morceaux d'une bouteille de cognac brisée sur le plancher de la chambre ?

Barois est parti en me demandant simplement de différer mon départ de quelques jours, « si possible ». Je ne sais que penser de tout ceci. Binch ivre ? Cela me remet en mémoire ce que Marianne m'avait dit à ce propos, il y a quelque temps. A l'époque je ne l'avais pas crue. Non, ce n'est pas possible. Agnès était avec lui ; il n'a pas pu se mettre dans un état pareil en sa présence. Ou alors… Je me refuse encore à croire qu'elle soit tombée si bas.

Pourtant, s'il avait toute sa lucidité, comment a-t-il pu choir de la plate-forme ?

23 août

La police s'intéresse décidément à moi. Barois est encore venu me voir ce matin. Je donnais ma leçon ; il m'a prié de renvoyer le gosse. Il s'est laissé tomber sur le sofa. Il avait l'air encore plus maussade que la veille. Il m'a demandé à quel moment exactement j'avais pris la résolution d'abréger mon séjour à Stangala. Je lui ai répété que l'idée me trottait dans la tête depuis un moment, mais que je m'étais seulement décidé l'avant-veille.

— Pourquoi n'en avez-vous pas avisé Mlle Valière ?

— Elle devait s'en douter. Le jour même des obsèques de sa mère, je lui ai laissé entendre que j'aimerais écourter mon préceptorat. Vous pouvez le lui demander.

— Je sais, je sais…

Il s'est levé, a marché un moment à grands pas, en marmottant :

— Ennuyeux, ennuyeux…

Il s'est soudain retourné :

— N'avez-vous pas songé, monsieur Meynier, que votre départ précipité, dans les circonstances actuelles, pourrait ressembler à une fuite ?

— Une fuite ?

Je lui ai fait remarquer que je songeais si peu à fuir que c'était moi-même qui avais pris l'initiative d'appeler la police.

Il a paru sensible à l'argument :

— Oui, vous avez bien fait de nous avertir.

Il est sorti assez brusquement.

Je sais qu'il reviendra. Je ne crois pas que j'aie à m'en alarmer. Barois fait son métier… Il essaie toutes les pistes, vérifie chaque hypothèse. Ce qui est à peu près sûr, c'est qu'il a éliminé la version de l'accident, bien qu'il feigne de s'y maintenir. Moi seul, actuellement, pourrais le détromper, le replacer sur la bonne route, puisque je sais ce qu'il ignore : la présence cette nuit-là d'Agnès aux côtés de Binch. Je ne le puis. Je n'en soufflerai mot, tant qu'elle ne jugera pas utile d'en parler elle-même. Qu'ils fassent leur travail ! Je ne suis pas un mouchard, Agnès ! Pas encore.

24 août

L'enquête progresse à pas de géant. Me voici officiellement suspect.

— Simple hypothèse de travail ! a aussitôt ajouté Barois, en me gratifiant de son sourire distingué et triste. Nous avons la conviction désormais que Binch n'était pas seul dans la chambre la nuit où il a trouvé la mort.

Gros nigaud, va ! Il en aura mis, du temps !

— En l'état actuel des recherches, il n'y a guère que trois personnes à avoir pu se trouver chez Binch : Guillou, Harcouët, et vous.

Pourquoi seulement ces trois personnes ? Manque évident de méthode, Commissaire Barois ! Vous n'en oubliez qu'une et c'est la bonne ! La situation est en train de devenir cocasse.

— Vous êtes monté en fin de soirée chez Binch. Vous avez fait ensemble force libations, une partie de la nuit. Et ne me dites pas que vous ne buvez jamais ! On vous a déjà vu, au moins une fois dans un Café de Lambour. Si mes sources sont exactes, vous y avez même consommé plusieurs verres… Je continue. A un certain moment, pour une raison ou pour une autre, vous êtes sortis tous deux sur la plate-forme. Vous avez poussé Binch. Ça n'a pas dû être bien difficile. Ensuite, vous avez regagné votre chambre. Vous avez fait votre valise. Et vous vous apprêtiez à vous enfuir, quand Mlle Valière est venue vous avertir que Marianne avait découvert le corps. Qu'en pensez-vous, monsieur Meynier ? Ça se tient, non ?

J'ai fait remarquer à Barois qu'il m'accordait bien peu d'intelligence.

— Pas nécessaire d'être très futé pour deviner qu'en quittant précipitamment Stangala, j'attirais immédiatement l'attention sur moi.

— Vous avez pu céder à l'affolement. C'est assez fréquent chez les néophytes.

— Pourquoi l'aurais-je tué ? ai-je demandé. Je n'avais aucune raison de tuer Binch. Je le connaissais à peine.

Barois a soulevé les épaules :

— On peut toujours trouver une raison à tout.

Il n'a pas précisé sa pensée, et m'a demandé à brûle-pourpoint :

— Qu'alliez-vous faire au Café Central, à Châteauneuf, le mercredi 18 août dans l'après-midi ?

Pas question de biaiser, je n'avais pas le choix.

— C'était après la mort de Mme Valière. Guillou l'avait bien connue. J'ai pensé qu'il pourrait éclairer ma lanterne. Simple curiosité.

Barois a pris une expression consternée.

— Monsieur Meynier, je ne vous cacherai pas que votre comportement depuis quelques jours est, disons, étrange. On vous voit vous intéresser beaucoup à la famille Valière, et, accessoirement, à son personnel. Vous questionnez, vous accusez même à l'occasion, dit-on. Bref, vous déployez une activité qui n'était pas prévue dans vos fonctions. Quel jeu jouez-vous, monsieur Meynier ?

La question était posée sans équivoque. Il ne m'était plus possible de garder le silence.

— Voici ce que j'ai trouvé sous ma porte, il y a environ une semaine.

Je lui ai tendu la lettre.

Il a saisi l'enveloppe entre deux doigts précautionneux, l'a examinée, l'a jaugée, l'a même, je crois bien, reniflée, toujours avec infiniment de distinction. Puis il a ouvert la lettre, l'a parcourue s'est enfoncé dans un lourd silence méditatif.

Enfin il a replié le feuillet avec soin, l'a glissé dans son portefeuille.

— Avez-vous déjà montré cette lettre à quelqu'un ?

— A Mlle Valière.

— A elle seule ?

— Oui.

Une pause. Et d'un ton faussement candide :

— Ce ne serait point vous qui l'auriez écrite ?

Je n'ai pas compris tout de suite ce qu'il insinuait. Barois s'est expliqué de bonne grâce :

— L'idée n'était pas mauvaise. Vous justifiiez *a priori* votre enquête, aux yeux de Mlle Valière notamment. Vous éclairiez votre lanterne comme vous le disiez tout à l'heure, vous meniez vos recherches à des fins strictement personnelles…

— Quelles fins ? Je ne vois vraiment pas…

Il a arboré un air malin.

— Je suppose qu'au cours des entretiens que vous avez eus, on a surtout parlé de Binch ? C'est curieux comme depuis peu vous vous intéressiez à cet homme !

J'ai pris la mouche.

— Monsieur le Commissaire, parlons net. Est-ce que vous m'accusez *sérieusement* ?

Nouvelle dérobade. Sourire gentil.

— Non, bien sûr ! Simple hypothèse, je vous l'ai dit.

Et le voilà qui, incontinent, se jette sur d'autres foulées et m'y entraîne avec aisance. D'accusé j'étais promu confident ! Au tour de Guillou et de Harcouët d'être sur la sellette : Barois n'ignore rien de leur passé, de leurs relations avec les Valière, des démêlés qu'ils ont eus l'un et l'autre avec Binch. Il a tout déballé devant moi, tout passé au peigne fin.

J'ai poussé allègrement à la roue. M'a-t-il cru ? N'importe lequel des deux a matériellement pu tenir le rôle qu'il m'a d'abord attribué, il le sait. J'ai personnellement de bonnes raisons d'en être moins sûr. Mais là n'est pas la question : je ne peux plus me permettre de rester spectateur et de compter les coups. Barois est bien plus dangereux que je ne croyais. Je dois absolument m'arranger pour brouiller les pistes. Si je ne veux pas me retrouver bientôt l'unique accusé en course. Ou me voir contraint de charger Agnès.

Charger Agnès ? Je ne m'en reconnais pas le droit. Je sais que ce n'est pas elle qui a tué Binch. Moi seul le sais ! Mais je sais aussi qu'elle était avec lui ce soir-là, que depuis le début elle ment au Commissaire et que si j'ouvrais la bouche, les apparences seraient contre elle. Etrange renversement ! Son destin dépend de moi seul, sans qu'elle s'en doute. Personne ne songe à elle, nul ne l'inquiète. Barois a fait tout ce qu'il a pu pour lui épargner au maximum les tracasseries policières. Elle me l'a dit : il a été à son égard d'une délicatesse extrême.

Pourtant elle paraît soucieuse. Tout à l'heure encore au dîner, je l'observais. Je l'ai trouvée vieillie, desséchée. On dirait qu'elle se consume de l'intérieur. Serait-ce donc mon sort qui la tourmente à ce point ? Soyons sérieux. Agnès a très peur, mais c'est pour elle, intriguée, tout au plus, par les interrogatoires répétés auxquels me soumet Barois. A plusieurs reprises, elle a essayé de me tirer les vers du nez. J'ai éludé ses questions. A chacun ses secrets, Agnès !

Nous sommes à égalité maintenant, condamnés au même silence. Et plus seuls à présent dans nos tête-à-tête, plus séparés l'un de l'autre, plus étrangers qu'au premier jour. L'élimination de Binch, loin de nous rapprocher, a élargi le fossé. Entre nous deux désormais, quoi que nous fassions, il y aura cette ombre éternellement. Ce mort implacable. Ce mort que je hais encore…

Postlude

— 1 —

La conduite intérieure noire de la police de Châteauneuf grimpait vivement la rampe qui menait au manoir.

Barois qui semblait assoupi à côté du chauffeur ouvrit les yeux.

— Arrêtez-moi ici. Je voudrais faire un peu de footing. Vous me prendrez à 7 heures là-haut.

Il s'extirpa du véhicule et se mit à marcher vers le manoir, tandis que l'auto rebroussait chemin.

L'après-midi était avancé. Le soleil dorait les branches basses de la hêtraie. L'ombre des arbres s'allongeait démesurément sur la vaste prairie. Barois s'avançait d'un pas traînant, regardant sans voir, insensible à la douceur un peu lourde de cette fin de journée. Il n'était pas revenu à Stangala depuis la veille. Le matin même il avait procédé à divers recoupements et, accompagné de Marchadour, poussé une deuxième visite à Harcouët.

Le gros homme était inquiet. Il savait (Marchadour ne s'était pas fait faute de le lui rappeler) que sa haine pour Binch était publique. L'esclandre du cimetière était dans toutes les mémoires et sur toutes les lèvres. Et il n'avait guère d'alibi.

Il affirmait s'être couché de très bonne heure la nuit où Binch était mort. Etant rentré de la Coopérative de Châteauneuf trop tard pour pouvoir travailler aux champs, il avait mangé un morceau, puis avait écouté un peu la radio, et s'était endormi avant 9 heures. Mais il n'apportait aucune preuve à l'appui de ses dires, si ce n'était le témoignage, sujet à caution, de ses serviteurs. Harcouët avait fort bien pu se rendre à Stangala à pied (quelques centaines de mètres, à travers champs), accomplir son forfait et revenir se coucher sans être vu de personne.

Ils l'avaient laissé démoralisé, pitoyable.

Pourtant déjà Barois avait pratiquement éliminé Harcouët de sa liste. Comment, en effet, se présentait le problème ? Au départ trois hypothèses étaient possibles :

1°) L'accident.

L'endroit était assez dangereux. Cette plate-forme à près de cinq mètres du sol, symboliquement protégée par un mur de moins de cinquante centimètres, avait déjà sa tragique histoire. Mlle Valière lui avait rappelé l'accident dont avait été victime, au même endroit, l'enfant d'un ouvrier agricole, il y avait de cela longtemps, plusieurs années avant l'arrivée du Commandant au manoir. On pouvait imaginer que, sortant de sa chambre éclairée, trompé par l'obscurité, Binch avait enjambé par erreur le mur bas devant lui, au lieu d'obliquer aussitôt à gauche vers l'escalier.

Malgré tout, Barois était sceptique. D'abord Binch connaissait parfaitement la disposition des lieux, et l'on s'expliquait mal cette soudaine étourderie. D'autre part, comment admettre que dans ce cas il ne se fût pas senti tomber ? Or, il apparaissait qu'il n'avait pas esquissé un seul geste pour amortir le choc après une chute de plusieurs mètres. C'était ce qui avait frappé Barois dès le premier examen : les mains de Binch étaient absolument nettes, sans la plus petite égratignure. Et personne parmi les habitants du manoir n'avait perçu le moindre cri. La nuit n'expliquait pas tout. Evidemment il y avait l'ivresse : on avait trouvé la chambre en désordre ; le verre sur la table, la bouteille de cognac brisée, tout dénotait d'abondantes libations. L'autopsie révélerait l'état de Binch au moment où il était mort. Mais Barois ne s'attardait pas à cette hypothèse.

2°) Le suicide.

Il écartait plus nettement encore l'éventualité d'un suicide. Pour la raison, capitale à ses yeux, que Binch, ce travailleur, ce chef au cerveau froid, équilibré, n'avait aucun motif apparent de mettre fin à ses jours. Moins que jamais. Sa situation à Stangala était enviable. Il avait reçu carte blanche pour l'exploitation du domaine. En outre, si Guillou n'avait pas menti, Binch était l'objet de flatteuses attentions de la part de l'héritière de Stangala en personne. Discrètement sondée sur ce chapitre par Barois, Mlle Valière avait nié. Mais son embarras était assez visible pour qu'on fût en droit de l'interpréter comme un aveu. Au fond, un mariage à plus ou moins brève échéance n'eût étonné personne, tant il aurait semblé le couronnement logique de l'extraordinaire ascension de Binch.

3°) L'assassinat.

Mademoiselle Valière et Binch. Barois était maintenant persuadé que là gîtait le lièvre. L'argent, de sordides haines d'intérêt, Harcouët... Non, ce crime, puisque crime il y avait, se situait à un autre niveau. Il était tenté de préciser : à un niveau plus haut. Il soupçonnait aussi que le meurtre ne devait pas être isolé, qu'il s'inscrivait dans un contexte tragique dont les autres jalons avaient été la mort du Commandant et celle de sa femme. Oui, on mourait beaucoup à Stangala depuis le début de l'été...

Exactement, avait remarqué Marchadour, depuis ce jour de juillet où le jeune précepteur était arrivé au manoir. C'était peut-être une coïncidence.

Barois se trouvait maintenant en vue de la propriété. Frappées de biais les fenêtres de la façade étincelaient. La cour, le perron étaient déserts. On eût dit une maison morte.

Barois s'avançait hochant doucement la tête. Il avait l'intuition d'avoir mis le doigt sur le nœud. Pourtant il n'était pas joyeux. Une répugnance le gagnait, comme chaque fois qu'il s'apprêtait à forcer un gibier trop facile.

Il pressa le pas.

François fumait une cigarette dans le salon, en attendant le dîner. Ce fut Agnès elle-même qui vint l'avertir que le Commissaire Barois était en bas dans la cour et désirait lui parler.

Depuis le matin elle guettait la route, travaillée d'obscurs pressentiments.

Meynier écrasa sa cigarette dans le cendrier et se leva sans manifester d'émotion.

Elle l'accompagna jusqu'au seuil du hall.

— Qu'est-ce que c'est ? Pourquoi veut-il vous voir encore ?

Meynier ouvrit la porte :

— Je l'ignore. Le Commissaire fait son métier, voilà tout.

Il descendit les escaliers du perron.

— J'aimerais bavarder un instant avec vous, Monsieur Meynier, dit Barois.

Il tendit le bras, courtoisement :

— Voulez-vous que nous nous promenions un peu ?

Meynier inclina la tête et la suivit dans l'allée. Ils firent quelques pas l'un derrière l'autre, silencieux.

Barois marchait en avant, les mains croisées derrières son dos, la tête penchée. La ligne nette de son visage se découpait en contre-jour sur les brumes dorées que le soleil déclinant accrochait aux fûts des hêtres.

Meynier l'observait du coin de l'œil très calme. La personnalité du Commissaire continuait de l'étonner. Il s'était fait des gens de la police une image très différente. Plus de vulgarité, de brutalité. Celui-ci n'était même pas bavard.

Ce fut Barois pourtant qui, le premier, rompit le silence.

— Monsieur Meynier, dit-il sans modifier son allure, je vous dois des excuses. La lettre n'était pas de vous. Nous en connaissons maintenant l'auteur : Guillou. Oui, il semblerait qu'il soit coutumier du fait : Valière, entre autres, aurait déjà eu droit à sa prose anonyme.

— Mais pourquoi m'écrivait-il à moi ?

— C'est assez subtil. Guillou haïssait Binch. Il avait réussi à se persuader, sa haine nourrissant sa certitude, que c'était lui qui avait tué Mme Valière. Tout ceci, naturellement, ne s'appuyait sur rien de précis. Il savait d'autre part que vous même ne portiez pas Binch dans votre cœur. Ne protestez pas, monsieur Meynier. Guillou a été catégorique : il a cru trouver en vous un allié contre Binch.

— Un allié ! Mais il n'a même pas nommé Binch dans sa lettre !

— Ça c'est tout le bonhomme. Il estimait, dit-il, que vous liriez entre les lignes. C'est bien d'ailleurs ce qui s'est passé ?

— Non, pas exactement.

— Peu importe. Laissons cela, voulez-vous ?

Il s'arrêta pour allumer une Chesterfield. Et sans élever le ton :

— Monsieur Meynier, quelles étaient exactement vos relations avec Mlle Valière ?

Meynier sentit, sous ses doigts, les violentes pulsations de son cœur. Agnès ? En quoi cela regardait-il le commissaire ? Il y voyait une curiosité déplacée, en marge de la véritable enquête. Il s'agissait de Binch, non ?

Il se contraignit à paraître calme. Barois d'ailleurs, sa question posée, semblait se désintéresser de la réponse, et avait repris sa promenade paisible devant lui.

— Je vous l'ai déjà expliqué. Je dirigeais les études de son frère. Depuis la mort du Commandant, Mlle Valière avait pratiquement pris en charge le petit...

— Vous la voyiez donc souvent ?

— Assez souvent, oui. Pourquoi ?

— Vous la voyiez souvent...

Il se tut un instant.

— Et comment la trouvez-vous ?

— Agnès est une jeune fille très intelligente, très affable...

— Agnès ? releva Barois. C'est Mlle Valière ? En effet, si j'en juge d'après votre langage, vos relations étaient excellentes.

Les paupières de Meynier battirent nerveusement. Où voulait-il en venir ? Il pensa alors à Guillou. L'imbécile ! Qu'est-ce qu'il était allé clabauder, celui-là ?

Il dit, la voix altérée :

— Nous étions amis.

— Oui, oui, dit Barois, conciliant.

Il fit quelques pas encore, puis exécuta une volte-face.

— Ami ? C'est vraiment le mot ?

Le visage de Meynier s'était empourpré.

— Que voulez-vous insinuer ?

Il savait qu'il était vaincu. Il savait ce que l'autre allait dire — l'autre, qui ne le quittait plus des yeux désormais, des yeux sans dureté, au contraire, d'une douceur enveloppante, dangereuse.

— Vous l'aimiez, n'est-ce pas ?

Meynier se mit à marcher vivement. Barois le suivit, calquant son allure sur la sienne. Les feuilles sèches des tilleuls et des hêtres craquaient sous leurs pas.

Une émotion insupportable étreignait le cœur de Meynier. Son amour... Avait-il le droit de le livrer à la sale curiosité des autres ? Ils y mettraient leurs gros doigts vulgaires, ils le tritureraient à plaisir... Son pauvre amour. Il était à lui seul ! Il l'emporterait au loin. Personne jamais ne saurait.

Et puis une image jaillit devant son regard, déjà familière, mais si crue, qu'il dut s'arrêter et fermer les yeux, étourdi. Binch était penché sur Agnès. Et Agnès lui souriait, les lèvres ouvertes, épanouie, offerte...

— Vous l'aimiez ? répétait Barois à son côté.

Sa voix grave avait des inflexions caressantes. Un ramier gémissait dans les hautes branches.

Meynier rouvrit les yeux, vit le visage du Commissaire tout près du sien, les sourcils froncés par l'attention, comme ceux d'un médecin qui s'efforce de localiser le mal. L'air était pesant et moite. Le soleil disparaissait. Des nuées sombres couraient au-dessus des arbres.

— L'orage. Il va pleuvoir, nota-t-il intérieurement, avec un détachement qui l'étonna.

Il essuya du revers de la main la sueur qui poissait son front, releva la tête, soutint le regard du Commissaire.

— Oui, dit-il d'un ton de défi, je l'ai aimée. Et alors ?

Barois lui avait pris le bras.

— Mais je ne vous critique pas, mon petit, je ne vous critique pas ! Je vous dirai même que je vous comprends. Seulement...

Il retira sa main, s'écarta un peu :

— Vous devez vous rendre compte que vous êtes dans une situation assez délicate. Vous aimiez Mlle Valière. Bien. Mais elle... Elle ne vous aimait pas ?

Meynier ne répondit pas. A nouveau un voile noir. Ses yeux se fermèrent. Un gant de fer enserrait son cœur, le malaxait avec un acharnement féroce.

Barois repartait, entraînant Meynier.

— Elle ne vous aimait pas, elle en aimait un autre. Et vous le saviez.

— Binch ! lâcha Meynier, malgré lui.

— Oui, Binch. Alors, n'est-ce pas, la conclusion est assez facile à imaginer...

— Je ne l'ai pas tué, dit Meynier d'une voix lasse.

— On pourrait même pousser plus loin, continuait Barois. Pourquoi Mme Valière est-elle morte ? Accident sans doute. Pourtant elle aussi était en travers de votre route. Je ne voudrais pas vous vexer, monsieur Meynier, mais vous admettrez que la famille Valière eût difficilement accepté de donner sa fille à... à un petit jeune homme comme vous. Il y avait là, je le répète, un obstacle majeur. Or, les obstacles...

— Je ne l'ai pas tué, répéta Meynier de la même voix blessée.

Barois s'arrêta. Il considéra le visage pâli, les yeux agrandis et vides. Le soir tombait, pesamment. Une grive chantait à la cime de l'un des chênes de la prairie.

Une expression de pitié adoucit le regard inquisiteur du Commissaire.

— Mon pauvre petit.

Il soupira, consulta sa montre :

— Bon. Je vais vous laisser. Vous allez bien réfléchir. Intelligent comme je vous crois... La nuit porte conseil, dit-on. Voyez où est votre intérêt. Demain matin, je serai là, à la première heure. Naturellement, si vous avez besoin de moi, n'hésitez pas. Je reste à votre entière disposition.

Meynier le dévisageait, surpris.

— Vous ne m'arrêtez pas ?

— Allez, dit Barois doucement. Et réfléchissez bien. Vous trouverez vous même la solution, j'en suis sûr.

Il regarda le jeune homme qui remontait l'allée, rigide comme un automate.

Puis, il s'épongea le front à l'aide d'un fin mouchoir de batiste, vrilla une Chesterfield entre ses lèvres. Et prit d'un pas nonchalant la route de Lambour.

— 2 —

La pluie crépitait sur les tuiles du manoir. L'orage s'éloignait. La nuit était dense, zébrée d'éclairs lointains.

Meynier se pencha, reçut sans déplaisir la gifle humide. Le vent poussait jusqu'à lui des odeurs neuves de terreau et de feuillages mouillés. Il tira les volets, essuya son front dégoulinant et alla tourner le bouton du commutateur. Il s'assit sur le bord de son lit.

Aussitôt après l'entretien avec Barois il s'était enfermé dans sa chambre. Il avait réussi à éviter Agnès. Il ne voulait pas la voir. Moins que jamais ce soir.

— Demain matin, a dit le Commissaire.

La pluie maintenant n'était plus qu'un grésillement doux.

Depuis qu'il avait fermé la fenêtre et allumé, il se sentait mieux, isolé dans la petite chambre comme un gardien dans son phare. Le carillon du couloir s'ébranla. Il écouta les huit coups tomber dans le silence, songea en même temps qu'il n'avait pas dîné. Il n'avait pas faim. Il aurait dû prévenir Marianne, à l'office. Tant pis. Au point où il en était... Il n'avait pas le courage de quitter la chambre. Ici il était en sécurité. Dès qu'il aurait passé le seuil...

— Demain, a dit Barois.

Il s'allongea sur le lit, essaya de se décontracter. Et aussitôt la question qui l'assaillait depuis une heure martela son cerveau :

— Qu'est-ce qui m'a pris de lui dire ça ?

Pourquoi avait-il si brusquement capitulé devant Barois ? Découragement ? Conviction de l'inutilité des faux-fuyants avec un adversaire trop perspicace ? Lassitude ? Rien ne le contraignait à avouer au Commissaire qu'il aimait Agnès. Qui le savait ? Il ne l'avait dit à personne. Même pas à Guillou : libre au vieil ivrogne d'imaginer ce qu'il voulait. Il n'était au pouvoir de personne de le forcer à dire ces simples mots :

— J'aime Agnès.

Il avait parlé pourtant. Barois avait reçu sa confession. Il lui avait tout avoué, comme un gamin pris en faute.

Oui, il s'était conduit comme un enfant. Et dès le lendemain sans aucun doute Agnès serait au courant.

Il se redressa, réfléchit. Il se rappelait maintenant. C'était cette pensée qui avait tout déclenché : Agnès tranquille, ignorante, sans remords. Il avait voulu qu'elle sût tout, en même temps que les autres.

Il haussa les épaules. Bah ! elle ferait la moue, la belle Agnès. Barois ne le lui avait pas envoyé dire : pour tous il restait le pion, le roturier crotté.

Une bouffée de rage l'envahit. Il serra les poings. Il s'entendait répondre à Barois :

— Oui, je l'ai aimée. Et alors ?

« Et alors ? » C'était la vraie raison. Barois, Agnès, les autres, il les bravait par ces mots. « Et alors ? » Un défi à tous. Au fond peu importait Agnès ; son amour vivait sans elle, plus fort que leurs sarcasmes ou leur pitié.

Il s'excitait. Il se leva tout tremblant, se mit à marcher à grands pas, recouvra un peu de calme dans l'exercice.

— Je me suis conduit comme un imbécile. Un vrai gosse.

Trois jours durant, il avait subi avec sang-froid les attaques insidieuses de Barois. Et c'était pour aboutir à ça ! A ce lamentable effondrement. Avec, à la clé, une imputation très précise de meurtre. Avait-il eu seulement, tout à l'heure, quand Barois l'avait accusé, l'élémentaire réflexe de nier, de se défendre ? Il n'en était même pas certain. Décidément, sa petite crise de vanité romanesque risquait de lui coûter cher.

Il s'examina dans la glace de l'armoire. C'était cela, une tête d'assassin ? Ce visage chiffonné d'enfant qui a mal dormi ? Non, il n'avait pas le physique du rôle. Jamais on ne croirait. Au besoin...

Il crut que son cœur s'arrêtait de battre. On avait frappé à la porte de la chambre.

Aussitôt il éprouva une impression agréable de sécurité. Il avait tiré le verrou, il était à l'abri. On n'entrerait pas.

A la porte la main de nouveau pianotait, sur un rythme fiévreux.

Meynier hésita encore quelques secondes. Puis il se mit à marcher. Ses pas le portaient dans cette direction, irrésistiblement. Il savait qui était derrière.

Il libéra le pêne, tourna la poignée, s'effaça. Agnès entra. Il referma la porte derrière elle.

Ils restèrent immobiles, silencieux, aussi troublés l'un que l'autre, évitant de se regarder. C'était la première fois depuis son arrivée qu'elle venait dans sa chambre. En d'autres temps il eût défailli d'émotion. Maintenant... Il entendait le halètement d'Agnès. Elle avait dû monter l'escalier du hall quatre à quatre. Il songea au repas. Elle l'avait attendu, et ne le voyant pas descendre...

— Je m'excuse, pour le dîner. Je ne me sentais pas très bien.

Il n'était pas fier de sa trouvaille : l'explication avait déjà trop servi pour qu'Agnès en fût encore dupe. Elle avait certainement remarqué l'altération de sa voix. Brusquement elle lui fit face :

— Qu'est-ce qu'il vous a dit ?

Il la regarda à son tour. Dans ses yeux dansait la même petite flamme de terreur que l'autre matin, quand il avait parlé d'avertir la police.

— Que vous a dit, le commissaire ? répéta-t-elle avec une violence croissante.

Il se cabra. De quoi se mêlait-elle ?

— J'ai fait ma déposition, dit-il avec une sécheresse appuyée.

Elle commença à marcher dans la chambre, en pétrissant ses deux mains.

— Je sais qu'ils vont vous inquiéter. Les gens vont parler...

— Mais de quoi, grand Dieu ! Je ne comprends pas.

— Il faut vous défendre, François.

— Me défendre ? Pourquoi ?

Elle dit doucement :

— Pour moi.

Il secoua la tête, la gorge nouée :

— Ne vous moquez pas de moi. C'est un exercice dont vous avez un peu abusé. Mais pas en ce moment. Je ne pourrai peut-être plus le supporter.

Elle le fixait avec intensité :

— Je ne me suis jamais moquée de vous, François.

Il eut un ricanement insultant :

— Et le ton y est ! Oui, on vous donnerait le Bon Dieu sans confession !

Il se mit à arpenter la pièce tout en parlant.

— Elle était belle, n'est-ce pas, notre promenade dans les bois de Kerstrao ! Et nos soirées en tête à tête ! Ah ! le Nocturne de Chopin... C'était un jeu bien agréable...

Il se retourna brutalement :

— Seulement, figurez-vous que j'y ai cru, moi, au jeu ! Excusez-moi, je ne savais pas que les cartes étaient truquées !

Il acheva, amer :

— Et pendant ce temps, vous, vous couchiez avec Binch !

— Non !

Elle avait poussé un cri de bête suppliciée. Désemparé il bégaya :

— Comment... vous osez...

— Je l'ai toujours détesté ! Pourquoi ne m'avez-vous pas crue ? Autant que je détestais ma mère ! Au même titre !

La passion faisait vibrer sa voix. Il vit son visage ravagé, ses yeux noyés de larmes. Il dut faire un violent effort pour museler sa propre émotion.

— La nuit où Binch est mort, où étiez-vous ?

Elle resta muette un long moment. Ses yeux sombres se fixèrent sur lui, prirent possession de son regard.

— Vous voulez vraiment le savoir, François ? Vous voulez tout savoir ?

Les paupières de Meynier battirent, comme blessées par une lumière aveuglante. Il fit un pas vers elle, les deux mains étendues en avant pour repousser une vérité inexorable.

— Ne parlez pas ! supplia-t-il.

La lumière. D'un seul coup, il venait de comprendre. Le terrible secret d'Agnès Valière. La clé de tout. Il songea qu'il aurait dû fuir aussitôt, en hurlant de terreur. Mais il ne fuirait pas. Trop tard. Ils étaient liés l'un à l'autre désormais. Complices dans le crime.

En tremblant il la prit aux épaules.

— Agnès, dit-il sourdement.

Elle se jeta contre sa poitrine.

— Serre-moi, serre-moi fort ! Ne me pose pas de questions. Après. Cette nuit est pour nous seuls ! Oublie, François, oublions tout...

Il la prit dans ses bras. Ses cheveux lui balayaient la figure. Il la déposa tendrement sur le lit, la contempla un moment.

— Agnès, ma bien aimée...

— 3 —

François Meynier se réveilla en sursaut, le corps trempé de sueur. L'aube blanchissait les fentes des volets. Il resta quelques secondes immobile, essayant de discipliner ses pensées. Puis il étendit la main à son flanc, abaissa le regard. Et la réalité lui sauta à la gorge : Agnès n'était plus là ! Le lit avait gardé la forme de son corps.

Malade d'appréhension, il bondit, enfila un vêtement.

Sa porte était restée entrouverte. Il courut dans le couloir encore obscur et s'arrêta devant la chambre d'Agnès. Une lumière jaune filtrait sous la porte. Il écouta, puis frappa, entra sans attendre.

La lampe de chevet était allumée. Agnès était étendue sur le lit non défait, légèrement penchée sur le côté en direction de la porte. Ses yeux étaient ouverts et le regardaient. Une sorte de sourire séparait ses lèvres très blanches. A sa tempe droite, il y avait un tout petit trou, par où le sang s'écoulait lentement. L'oreiller était rouge.

Ivre de désespoir, Meynier s'était précipité, avait touché le front cireux et tiède. Au pied du lit, il ramassa l'arme ; le petit revolver à la crosse damasquinée qu'ils avaient admiré ensemble dans la bibliothèque. C'était fini depuis un instant à peine. Il avait dû être réveillé par la détonation.

Il parcourut la pièce, le regard fou. Sur une console, un papier blanc, un stylo. Il s'approcha. C'était bien une lettre. Sa dernière lettre. Agnès l'avait écrite, juste avant de mourir, d'une écriture fine, très régulière. L'encre était encore humide.

Il saisit les feuillets d'une main tremblante, les lut avec une avidité désespérée, le cœur broyé de douleur.

Pour toi, mon amour !

Ai-je encore le droit de t'appeler ainsi ? Je suis une meurtrière, François, indigne de ta pureté. C'est pour cela que je meurs. Oui, j'ai tué mon amant, j'ai tué ma mère. Attends : ne me maudis pas encore.

Tu n'as guère connu mon père. C'était le meilleur des hommes, le plus tendre, le plus sensible, l'époux le plus affectueux. Il adorait ma mère.

Jusqu'à la fin il l'aura regardée avec les mêmes yeux d'amoureux humble qu'il y a vingt ans, quand il passait à son doigt l'anneau nuptial. Jusqu'à son dernier souffle. Et elle... Pardonne-moi, François. Peut-être n'avais-je pas le droit de condamner celle qui m'a mise au monde... Dieu jugera. Mon père aimant, mon père très malade, meurtri, elle l'a bafoué de la manière la plus ignominieuse : avec Binch, son domestique. Je les ai surpris ensemble, il y a plusieurs mois déjà. Mon père était en clinique depuis deux jours. Dans sa propre chambre ! Je l'ai entendue crier de plaisir ! De ce jour date ma haine. Elle ne s'est jamais plus relâchée.

La nuit même où mon père est mort, elle était avec Binch. Je savais depuis longtemps ce que signifiaient les réunions paroissiales, et qu'elle allait le retrouver ce soir là encore. J'ai pris la vieille bicyclette dans la remise et j'ai pédalé jusqu'à Châteauneuf. A l'entrée de la ville, j'ai garé ma bicyclette et je suis partie à leur recherche dans la foule. C'était le soir du 13 juillet. Je les ai enfin découverts, attablés à la terrasse d'un Café. Ils ne se cachaient pas, ils bavardaient comme de bons amis, comme de vieux complices. Ma mère avait l'air très heureuse. Je les ai épiés, cachée en face dans le renfoncement d'un portail, mordant mes lèvres pour ne pas hurler, pensant à mon père, à mon père tout seul au manoir, malade... Je suis revenue dans la nuit, pleurant, la haine au cœur. Je l'ai trouvé mort. Mort par leur faute ! Ils l'avaient assassiné ! Moi seule le savais. A moi seule ils allaient rendre des comptes. Oui, cette nuit-là, devant le pauvre corps recroquevillé, j'ai fait le serment de venger mon père.

J'ai provoqué les caresses de Binch. Pardonne moi, mon amour. J'ai attisé le désir de l'homme que j'abhorrais entre tous. C'était un être vulgaire, sordidement ambitieux, abject. C'est lui qui a noyé ma mère, à la crique de Kerandraon. Une preuve d'amour que je lui avais demandée... Avec la promesse que nous serions fiancés et que le domaine bientôt serait entre ses mains. Ma mère est morte sans savoir pourquoi, malgré les avertissements reçus : oui, le lampion en deuil, les Ides d'août, c'était moi. Hier soir, pour la première fois, je me suis donnée à Binch. Je l'ai fait boire. Et quand il est tombé dans le sommeil, repu d'alcool et de luxure, je l'ai assommé avec la bouteille qu'il avait à moitié vidée. Puis je l'ai traîné sur la terrasse et je l'ai fait basculer. Je suis descendue, me suis assurée qu'il ne bougeait plus. Alors je suis remontée dans la chambre pour y faire disparaître tout ce qui pouvait me compromettre. Prise d'une crainte, je suis redescendue et j'ai vu qu'il était bien mort. Sans cela... J'avais juré d'aller jusqu'au bout.

Voilà, François, ma triste confession. Je vais mourir. Ma haine s'est éteinte. Et je sais ce matin combien la vie est douce et belle. Je vais mourir pourtant. Parce que je t'aime, François, parce que sans toi je n'imagine plus de vivre. Parce que en m'effaçant je vais assurer ton repos. En même temps qu'à toi, j'ai écrit au Commissaire pour tout lui avouer. Tout à l'heure, j'ai réveillé la pauvre Marianne, lui ai commandé de courir jusqu'à Lambour. Elle y aura trouvé un taxi pour Châteauneuf. A l'heure qu'il est, sans doute, Barois a ma lettre entre ses mains. Il n'y a plus d'affaire. La meurtrière s'est fait justice. Tu es libre, François, tu t'en iras, tu quitteras cette maison maudite. Tu vivras.

Adieu, mon petit François. Merci de cette nuit. C'est elle qui m'aura donné la force de mourir. Je t'aime, mon amour. »

Meynier releva la tête. Des sanglots rauques montaient à sa gorge, l'ébranlaient. Les larmes coulaient de ses yeux, inondant la lettre. Il alla jusqu'au lit, tomba à genoux. Et il lui parlait doucement, comme à un enfant qui s'endort :

— Pourquoi, Agnès, pourquoi es-tu partie ? Je t'aimais, ma chérie…

Il ne voyait pas l'horreur de sa conduite. Il ne voyait que la tragique réalité, qu'elle était morte et qu'il l'aimait à en perdre la raison. Depuis la veille il pressentait le secret d'Agnès. Mais cela n'avait rien changé. De cette terrible confrontation avec une vérité atroce, son amour était sorti plus puissant, plus monstrueusement dominateur. Il lui pardonnait tout, il la comprenait, il était avec elle, à jamais.

Il resta un long moment courbé sur elle, les épaules secouées de trépidations convulsives. Puis il se redressa. La lumière souffreteuse du petit matin se glissait dans la chambre. Il contempla fixement le visage blême, les longs cheveux noirs répandus sur l'oreiller, le trou rouge à la tempe, d'où la vie s'était écoulée. Il ne pleurait plus. Il se pencha, posa ses lèvres sur les lèvres exsangues, entrouvertes.

— A bientôt, mon amour.

Il gagna la porte.

— 4 —

Barois secoua la tête :

— Reprenez votre sang-froid, monsieur Meynier. Vous savez très bien qu'il m'est impossible de vous croire. Après ceci…

Il agitait entre deux doigts l'enveloppe :

— Agnès Valière s'accuse en des termes qui n'autorisent pas le plus léger doute.

— Mais je vous répète qu'elle ignorait la vérité ! Comment aurait-elle pu savoir ? Elle est morte avant que je lui explique que c'était moi !

Pour la deuxième fois, il dévida son incroyable confession. Depuis 10 heures, ce soir-là, Agnès

Valière et Binch étaient ensemble. Meynier le savait et se morfondait dans sa chambre, ulcéré, obsédé par des pensées de meurtre. A un certain moment, à bout de nerfs, il était descendu au salon, avait joué quelques instants au piano. Il espérait ainsi fournir une diversion à son désespoir. Il n'avait réussi qu'à l'affoler. Malgré lui il était ressorti dans la cour. Il y avait toujours de la lumière chez Binch. Meynier s'était posté au bas de l'escalier, les yeux collés à la porte-fenêtre, malade de jalousie impuissante. A plusieurs reprises, il avait été sur le point de monter pour les surprendre. Et toujours quelque chose l'avait arrêté dès les premières marches. Les heures avaient passé. Vers minuit et demi, une heure, la porte-fenêtre s'était ouverte. Meynier avait juste eu le temps de se coller contre le tronc de la glycine. Presque immédiatement un corps s'était écrasé sur le gravier, à quelques mètres de lui. Il n'y avait pas eu de cri.

La nuit était très claire, et il n'avait pas fallu beaucoup de temps à Meynier pour identifier Binch dans la masse étendue, inerte. Presque aussitôt la silhouette d'Agnès s'était dessinée au bas de l'escalier. Elle s'était arrêtée à la dernière marche. Elle était à peine vêtue. Meynier distinguait bien maintenant son visage blafard, ses cheveux en désordre, collés par la sueur. Elle regarda fixement le corps allongé au-dessous d'elle. Et elle se retourna, remonta à toute vitesse l'escalier. Il entendit la porte se refermer.

Meynier était resté à sa place un long moment, les jambes coupées, ne comprenant pas. Puis il s'était approché. Binch n'était pas mort ! Quand Meynier s'était penché sur lui, il avait ouvert les yeux. Il était sûr que Binch l'avait reconnu. Ses lèvres avaient murmuré quelque chose, son nom peut-être. Alors... Etait-ce la vue de cette plaie béante au crâne ? Il ne savait pas comment ça s'était fait. Toute sa rage avait subitement conflué. Un voile rouge était tombé devant ses yeux. Il avait brutalement appliqué ses mains sur la bouche, sur le visage du malheureux, et de toutes ses forces il avait serré, serré, serré... Quand il avait détaché ses doigts crispés, Binch avait cessé de vivre. Meynier était reparti en courant, avait regagné sa chambre. A 5 heures, Agnès était venue lui apprendre que Marianne avait découvert le corps.

Il avait terminé son récit. Barois demeurait silencieux, triturant un mégot entre ses lèvres, maussade. Le type avait-il toute sa raison ? N'avait-on pas là plutôt un exemple caractérisé du délire d'auto-accusation ? Il notait les traits creusés, la fièvre du regard, les tics qui tiraillaient ses joues. Tous ces drames successifs, songeait Barois, le climat de tragédie où il vit depuis son arrivée ici...

Pourtant il était troublé. Cela tenait à l'aisance stupéfaite avec laquelle Meynier avait parlé, au fait qu'à aucun moment, en recommençant son histoire, il ne s'était coupé. Au fond la version du jeune homme était loin d'être incohérente.

— Vous affirmez avoir assisté à la chute de Binch. Sincèrement, avant ce matin, vous n'aviez rien soupçonné de la vérité concernant les circonstances réelles de cette chute ? Je veux dire, le rôle qu'y avait joué Agnès Valière ?

— Non. J'étais persuadé que Binch était tombé accidentellement. Connaissant la nature de leurs relations, j'étais à cent lieues d'imaginer…

— Pourtant le comportement d'Agnès Valière à cet instant aurait pu vous paraître étrange ? Quand vous l'avez vue remonter précipitamment en abandonnant le corps, qu'est-ce que vous avez pensé ?

— Qu'elle avait perdu la tête. J'étais convaincu qu'elle l'avait cru mort, au bas de l'escalier, et qu'elle en avait conçu une telle peur…

— Peur d'être accusée ?

— Oui, et peur d'être atteinte définitivement dans sa respectabilité en reconnaissant qu'elle avait passé la nuit avec son employé. Je me disais qu'elle n'avait plus eu qu'une idée : regagner sa chambre, prendre ses vêtements, effacer toute trace de sa présence.

Barois, les yeux baissés, martyrisait son mégot dans le cendrier.

— Pourquoi vous êtes-vous dénoncé ce matin ? Rien ne vous y forçait ?

Une grimace douloureuse contracta les lèvres de Meynier.

— Vous savez ce qu'elle m'a écrit avant de mourir, Agnès ? « Je suis indigne, François, de ta pureté. »

Il eut un rire qui faisait mal :

— Ma pureté ! Vous comprenez qu'après cela, monsieur le Commissaire, il ne me soit pas facile de vivre ?

Barois alluma une nouvelle cigarette. Il se leva pesamment, soupira :

— J'ai reçu le rapport du médecin légiste. Il est formel. Décès consécutif à la rupture des vertèbres cervicales. Ce sont des faits, cela. Je désire m'y tenir.

Meynier fut aussitôt debout, narines frémissantes.

— Mais puisque je vous jure que c'est moi ! Est-ce que vous m'avez bien compris ? Il était encore vivant ! Moi seul ! Vous n'avez pas le droit de refuser de m'entendre !

Barois parut balancer un moment. Puis il alla à la porte, appela dans le couloir :

— Marchadour ?

Il revint vers Meynier, jeta d'un ton morne :

— Asseyez-vous. Nous allons prendre votre déposition.

Epilogue

En novembre, François Meynier comparaissait devant les Assises du Finistère, et était acquitté. Jusqu'au bout il s'était obstiné à se déclarer coupable.

Un an plus tard....

Extrait du « COURRIER ÉBURNÉEN » (Côte d'Ivoire).

MACABRE DECOUVERTE

« DANANÉ. — Hier à l'aube, des piroguiers qui remontaient le cours du N'ZO aperçurent un corps qui flottait contre la berge, entre les racines des palétuviers. On devait rapidement identifier la victime. Il s'agit d'un Européen, M. MEYNIER, François, professeur au Cours Normal de DANANÉ, où il exerçait depuis la rentrée dernière. A l'heure où nous écrivons, on ignore encore les circonstances exactes dans lesquelles M. MEYNIER a trouvé la mort. L'enquête se poursuit. »

Du même auteur

Aux éditions ALBIN MICHEL

La nuit rouge, roman

— *film cinéma* de J. Marie Richard, 1990

Yesterday, roman

Narcose, roman

La danse des masques, roman

— Grand Prix des Ecrivains de l'Ouest

— Prix du Suspense

Des Croix sur la mer, roman

— Prix Pierre Mocær des Ecrivains Bretons

— Prix Bretagne

— *téléfilm* de Luc Béraud, 2000

Des Feux sous la Cendre, roman

La Porte de l'Enfer, roman

Ballet noir, nouvelles (dont « La Fiancée », *3 courts-métrages cinéma* de Olivier Bourbeillon, 1984, Bruno Romy, 1986, Alex Mac Lachlan, 1999)

— Prix de la Ville de Limoges

Aux éditions DENOEL

Aliéna, roman

Baby-Foot, roman

J'ai tué une ombre, roman

La Voix dans Rama, roman

Le Squale, roman

— *téléfilm* de Claude Boissol, 1991

Les Sirènes de Minuit, roman

— Grand Prix de Littérature policière

— *téléfilm* de Philippe Lefebvre, 1989

Le Mascaret, roman

On l'appelait Johnny..., roman

La bavure, roman

— Prix Mystère de la Critique

— *téléfilm* en 3 épisodes de Nicolas Ribowski, 1984

Morte Fontaine, roman

— *téléfilm* de Marco Pico, 1989

Escroquemort, roman

A la Librairie des CHAMPS-ELYSEES (Le Masque)

Chantage sur une Ombre, roman

Aux Editions OUEST-FRANCE

François Perhirin, peintre des Armées, album,

Aux Editions TERRE DE BRUME

Escales à Brest, album

(en collaboration avec Claude Le Gall)

Achevé d'imprimer sur les presses
de l'Imprimerie Moderne de Bayeux
N° d'imprimeur : 5282

ISBN : 2 - 913990-46-0
dépôt légal : octobre 2000